MW01178935

espacio Flanagan

No te laves las manos, Flanagan

1.ª edición en *Espacio Abierto*, 1993
1.ª edición en *Espacio Flanagan*, 2006

Juan Ignacio Luca de Tena, 15. 28027 Madrid

www.espacioflanagan.com
e-mail: anayainfantilyjuvenil@anaya.es

Diseño de cubierta: Javier Serrano
y Miguel Ángel Pacheco

ISBN: 84-667-5189-0
Depósito legal: S. 149/2006
Impreso en Gráficas Varona
Polígono El Montalvo, parcela, 49
Salamanca
Impreso en España - Printed in Spain

No te laves las manos, Flanagan

Andreu Martín
Jaume Ribera

Dedicado especialmente al director
y a los alumnos del Colegio Público
Dr. Josep Trueta del barrio de San Cosme
(Prat del Llobregat) y a Manuel Pérez Santiago,
por su valioso asesoramiento.

1

Un trabajo sucio

Don't you cry tonight
I still love you baby
Don't you cry tonight
Don't you cry tonight
There's a heaven above you baby
And don't you cry tonight.

Axl Rose, el vocalista de los *Guns n'Roses,* me aconsejaba, al oído, que no llorase aquella noche, y a mi alrededor yo no veía más que basura y desolación.

Este comienzo, que transmite una lamentable sensación de melancolía, refleja una verdad como un rascacielos, tanto en sentido literal como en sentido figurado.

En sentido literal, escuchaba a los *Guns n'Roses* a través de los auriculares, y no veía más que basura y desolación a mi alrededor porque estaba vigilando un par de contenedores de basuras y hacía veinticuatro horas que en la ciudad se había iniciado una huelga de basureros. La porquería desbordaba los contenedores y los rodeaba con montículos pestilentes que resultaban tremendamente atractivos para las moscas, las ratas y los gatos, y que ahuyentaban a todos los seres humanos que no tuvieran la obligación de liberarse de sus desperdicios o que no tuvieran la desgracia de ejercer la profesión de detective privado, como era mi caso. Me había comprado un inhalador nasal con esencia de menta y lo esnifaba de vez en cuando para tranquilizar a mi pituitaria ofendida. Llevaba una hora y pico esperando a que la señora Juana Romero bajara su basura.

Tomando la frase inicial en sentido figurado, digamos que vuestro seguro servidor Juan Anguera, alias Flanagan, no se encontraba en la mejor época de su vida. Mi negocio de sabueso iba mejor que nunca, y aquel miércoles, siete de junio, era mi primer día de vacaciones, porque lo había aprobado todo por parciales, pero, a pesar de todo, caminaba arrastrando los pies, suspiraba con alarmante frecuencia, tenía una acentuada tendencia a las lamentaciones, miraba con hostilidad a todo el mundo, como si continuamente buscara enemigos con los que partirme la cara, y lucía una imborrable mueca de asco, como si realmente no viera a mi alrededor más que basura y desolación. Me aislaba del mundo mediante el *walkman* cargado con una recopilación musical que, en un alarde de humor negro, titulaba *Música para Masocas.* Allí estaban *Without You* y la versión de *Caballo Viejo* de Roberto Torres, cada una de ellas relacionada con una chica de mi pasado (¡Mi pasado! ¡Jope, a mi edad y ya tenía un pasado!), y un largo epilogo formado por *Don't Cry,* de los *Guns n'Roses, The River,* de Bruce Springsteen, *Fade to Black,* de los *Dire Straits* y otras destacadas melodías quejicosas que tantas veces había bailado abrazado al cuerpecillo menudo y nervioso de Carmen, embriagándome con el olor de sus cabellos.

Hasta hacía poco, había estado saliendo con una morenita preciosa llamada Carmen Ruano. Y, de pronto, nuestra relación se había hecho añicos. A todo el mundo, en algún momento de su vida, se le ha roto el corazón. Yo me sentía como si el mío se me hubiera roto en el metro, en una hora punta, y a continuación hubiera sido pisoteado por una muchedumbre de pasajeros, y como si algún desaprensivo hubiera utilizado los restos para sonarse los mocos, y al fin un chucho miserable se hubiera meado encima. Algo así.

No tengo la menor intención de contar lo que sucedió entre Carmen y yo. Uno tiene sus pudores, aunque no lo parezca. Quien haya pasado por una experiencia similar, ya se lo puede imaginar. Y quien no sepa lo que es eso, no lo entendería nunca. Se admiten apuestas. Redacción: ¿Qué pasó entre Flanagan y Carmen Ruano?

María Gual, que teóricamente es mi socia en el negocio de la investigación, me había dicho aquella misma mañana:

—Flanagan: últimamente estás de un ortopédico total.

—¿De un qué? —le pregunté, belicoso.

—No te hagas el tonto. Esa pose de alma en pena, jijí, esos aires de perrito apaleado y abandonado, jijí, esos suspiros como vendavales, jijí, ese mirar fijamente a las paredes...

—¡Anda y que te zurzan!

—¡Lo que tú necesitas es otra novia! —dijo María Gual, gritando bien alto para que lo oyera toda la clase—. ¡Y la táctica de dar lástima para ver si alguna se apiada de ti ya no se lleva!

Me sonrojé, claro está, y deseé que María Gual fuera un tío para darle una buena tanda de puñetazos. Pero María Gual no solo no es un tío, sino que se ha convertido en una de las chicas más guapas del instituto y, desde que empezó la primavera, se viste de una forma que no deja lugar a dudas respecto a sus atractivos físicos. Todos los chicos van de cabeza por ella y, no sé por qué, ese detalle contribuía a ponerme todavía más nervioso.

—¡Déjame en paz o te tragas el libro de mates! —No se me ocurría nada más pesado ni más indigesto.

Entonces ella se puso una mano en la nuca, debajo de su cabellera rizada, y echó la cabeza y el cuerpo atrás, en plan bailarina desmelenada, y me puso un pie en las rodillas para que pudiese admirarle la pierna en toda su extensión, al tiempo que gritaba, como Groucho Marx en aquella película:

—¿No ves que estoy tratando de decirte que te amo? —Y soltó una carcajada que me puso los pelos de punta.

Acosado por un destino cruel, mi único refugio era en aquel tiempo mi profesión de investigador de andar por casa. Hacía tiempo que me dedicaba a descubrir pequeños misterios que aparecían en la vida cotidiana de mis compañeros de instituto. Cómo se las apaña Fulanito para aprobar los exámenes si no estudia nunca; quién telefonea cada noche a Sabrina para no decirle nada, y con qué intenciones lo hace; cómo se comporta la canguro con el hermanito pequeño de Perenganita cuando se quedan solos en el parque... Casos inofensivos para conseguir un poco de dinero de bolsillo. De un tiempo a esta parte, había conseguido una especie de ocupación fija, muy bien remunerada, y para cumplir con ella, después de cenar, había tenido que escabullirme del control de mis padres para ir a los Bloques y esperar a que la señora Juana Romero bajara la basura.

Mientras escuchaba la música y, a la vez, pugnaba por huir de la congoja que se empeñaba en hacer nudos marineros en mi gaznate, me entretenía observando a la gente que iba bajando la basura. Parecían los devotos de alguna misteriosa religión que depositaran en silencio sus ofrendas en el altar-contenedor. Había de todo: desde el aprensivo que cogía la bolsa con dos dedos mientras se cubría nariz y boca con la otra mano, hasta el bruto que jugaba al baloncesto con la bolsa desde la otra acera, pasando por los ahorrativos que aprovechaban bolsas de los supermercados para meter en ellas sus desperdicios. Una vieja vestida con cuatro trapos llevaba sus residuos domésticos en la bolsa de una boutique de moda de las caras. Un señor mayor con aspecto de funcionario de los de ventanilla los llevaba en una bolsa con el anagrama de un *sex-shop;* otra característica destacada de este caballero era que hablaba solo, mascullando insultos y amenazas contra un interlocutor imaginario al que tenía bastante amedrentado. Un avaro desaprensivo miraba a derecha e izquierda, comprobaba que estaba solo, vaciaba la bolsa en el contenedor y se la metía en el bolsillo, sin duda con ánimo de aprovecharla para el día siguiente.

Vivir para ver.

Las basuras, pensé, dicen mucho de la gente que las produce. ¿Cómo era aquello? *¿In vino veritas?* Yo estaba creando mi propia teoría filosófica: *In basura veritas.*

Finalmente, la señora Juana Romero bajó con su correspondiente dosis de porquería empaquetada. Era una mujer voluminosa, con cuerpo, modales y vozarrón de minero asturiano, que caminaba como si alucinara multitudes de hombres que la piropeaban sin parar, multitudes de hombres a los que ella no sabía cómo rechazar sin herir susceptibilidades. Para bajar a la calle a deshacerse de su basura, se había puesto un vaporoso vestido de tul medio transparente, amarillo y a topos verdes, azules y rojos, y lucía un primoroso peinado fijado con varios litros de laca, y tanto rímel, tanto colorete y tanto lápiz de labios que parecía la mala de una película de terror. Las oleadas de perfume que emanaban de su cuerpo neutralizaron durante un momento el hedor ambiental, pero de todas formas, en cuanto se fue, inhalé una buena dosis de menta refrescante antes de salir de mi escondite en dirección a la montaña de detritus. Contuve la respiración mientras me abría paso entre las primeras estribaciones de bolsas despanzurradas y mientras alargaba el brazo para apoderarme de la bolsa de doña Juana, y no volví a respirar hasta que la tuve encerrada en mi bolsa de deporte y yo corría ya, de regreso al hogar.

En el bar de mis padres reinaba esa actividad frenética de los primeros días de buen tiempo en que la gente, harta de permanecer encerrada en sus casas, huyendo del frío, sale a la calle a tomar tanto fresco como le sea posible. Mi padre servía tapas y cervezas a un grupo de clientes alborotadores que se habían instalado en las mesas que en esa época del año ponemos en la acera. Al verme llegar, rezongó con la canción de siempre:

—Que son las diez y media. Que no me gusta que andes por ahí a estas horas.

No resultó nada convincente. La verdad es que creo que le da completamente igual lo que yo haga, a esas horas y a cualquier otra.

Yo le dije «sí, papá» sin detenerme siquiera y desaparecí en el interior del bar mientras él corría al encuentro de una pareja que buscaba mesa. Mi madre atendía la barra, envuelta en un estruendo de voces y de golpes de fichas de dominó contra las mesas. Le oí decir:

—¡Juanito! ¿De dónde sales? ¡Vas hecho un pordiosero! ¡Lávate las manos inmediatamente!

Al pasar frente a la cocina, le guiñé un ojo a Pili, mi hermana y secretaria.

—Ya lo tengo.

—¡Fantástico! Acabo de lavar los platos y bajo.

Bajé al sótano, pensando en lo curioso de mi relación con Pilastra. La mayoría de mis compañeros con hermanas tenían con ellas unas trifulcas de órdago; discutían, se chivaban mutuamente a sus padres sus mutuas gamberradas. Pili y yo, en cambio, nos llevábamos de maravilla. A veces envidiaba a mis compañeros: seguro que se lo pasaban bomba discutiendo.

Cuando Pili bajó, yo ya había esparcido toda la basura de la señora Romero en el suelo sobre hojas de periódicos. Incluía restos de pescado, y olía a demonios atiborrados de fabada.

—¡Uf, este sí que es un trabajo sucio! —exclamó Pili.

—Y que lo digas. A ver: toma nota.

Me puse unos guantes de goma y empecé a revolver la basura.

Hace un momento he dicho aquello de *In basura veritas,* y eso es precisamente de lo que se trataba. Del alma de la señora Romero, resumida en sus despojos domésticos.

—Sobres de Hepaflor. «Infusión de hierbas medicinales para el hígado» —leí—. La señora Romero tiene problemas con su hígado.

—O ella o alguien de su familia —corrigió Pili.

—Ella. Vive sola, está divorciada desde hace un año y no tiene hijos.

—Anoto. «Problemas de hígado».

Continué hurgando en la basura:

—Boletos rotos de la ONCE... Y de la lotería primitiva, y de la Bono-Loto, un décimo de la lotería nacional... —emití un silbido de admiración—. ¡Supongo que si no juega a la ruleta rusa es porque no tiene revólver! —Y tras examinar los boletos—: Mira qué curioso: los números de la ONCE y de la lotería acaban todos en siete, y el siete, diecisiete, veintisiete... están presentes en todas las combinaciones de la primitiva...

—Su número de la suerte —dedujo Pili, muy eficiente. Y tomó nota.

—Eso es. —Seguí revolviendo la basura con ganas de terminar. Si respiraba por la nariz, el hedor me mareaba. Si respiraba por la boca, me venían náuseas. No me acostumbraría nunca a un trabajo como aquel—. A ver... Restos de comida. Muchos envoltorios de tabletas de chocolate. Sardina, bacalao, merluza, pieles de patata, fruta. Curioso. No hay carne.

—Tal vez no le llega para comprarla.

—Si le llega para el bacalao tendría que llegarle para la carne... Diría que no le gusta, o que la considera perjudicial.

—¿Crees que es vegetariana?

—O macrobiótica, o hipocondríaca, o peripatética, algo así. Anótalo. Creo que ya no hay nada más. —Me incliné sobre la basura y seguí revolviéndola, por si me había dejado algo de interés—. ¿Qué es esto?

Un envoltorio de papel de estraza, muy arrugado.

Absortos en la investigación, no habíamos oído cómo se abría la puerta del sótano, ni los pasos de mi padre, que bajaba a buscar no sé qué, o simplemente bajaba a espiarnos, preocupado por nuestras actividades clandestinas. Se aproximó para ver qué era aquello que nos interesaba tanto. Se asomó por encima de nuestros hombros en el mismo instante en que yo metía el dedo en la sustancia asquerosa que contenía el paquete.

—¿Qué es? —preguntaba Pili.

—Caca de gato —respondió mi padre por mí, sin disimular su repugnancia—. Creo que estás metiendo el dedo en una caca de gato. —Se estaba encrespando.

—Me temo que tienes toda la razón, papá —dije yo por decir algo—. Es caca de gato.

—¡¿Y se puede saber...?! —empezó él, liberando una serie interminable de repeluznos de asco.

—Es que... ¡Es que he perdido unos apuntes y creí que los había tirado a la basura! —respondí, con sonrisa de Jack el Destripador pillado en plena faena.

—¿Quieres decir que tus apuntes se parecen a cagarrutas de gato?

Hay ocasiones en que mi padre me pregunta si pretendo volverle loco. Otras veces, se diría que ha resuelto volverse loco sin preguntarme nada.

—Bueno, todavía no los había pasado a limpio —improvisé, pensando que eso le haría gracia.

—*¡Juanito...!* ¡Nuestro cubo de basura está arriba, en la cocina! ¡Esta basura no es nuestra!

—¿De veras?

—¿Crees que no tenemos bastante basura en casa, y en la calle, con esa huelga de basureros, y tienes que traerte basura de fuera?

Intervino mi hermana, con la voz más blanca de su repertorio y con un gesto tan inocente que resultaba francamente sospechoso:

—La verdad es que está haciendo un trabajo de Ciencias Naturales que se titulará «Basura orgánica, basura inorgánica». Ya sabes que Juan lo ha aprobado todo, papá —añadió, con una astucia y un tino dignos de su hermano, o sea, yo—. Por los pelos, pero no tiene que ir a los exámenes finales. Y ahora está esforzándose para ver si mejora nota. ¿No te parece que tiene mucho mérito?

Era un toque magistral que no podía fallar. Mi padre siempre terminaba pensando que a un hijo que lo aprueba todo por parciales se le tienen que consentir algunos caprichillos, por raros que parezcan.

—Está bien —cedió el líder de nuestra familia, entre dientes. Renunció al interrogatorio, pero no a confirmar su autoridad—: ¡Pero llévate esta porquería de aquí! ¡Si tu profesor quiere que hagas experimentos con caca de gato, que te ceda el salón de su casa como laboratorio! ¡Y mañana quiero verte en el bar, ayudando, que estos días hay mucho trabajo! ¡Y lávate las manos! ¡No quiero que vayas esparciendo caca de gato por toda la casa!

Muy diligentes, salimos del sótano Pili y yo, y dejamos al pobre hombre como uno de esos personajes de cómic con una nube muy negra sobre la cabeza. Desde que empecé a ganarme algunos duros trabajando como detective y, en especial, desde que me metí en un par de líos gordos relacionados con el tráfico de drogas o la compra y venta de bebés, mi padre siempre parece tener esa nube sobre la cabeza cuando habla conmigo. Se diría que su fe en mí es ilimitada, pero en el sentido negativo: me juzga capaz de provocar los mayores desastres imaginables y de darle los mayores disgustos de su vida.

A la mañana siguiente me levanté temprano y ayudé un poco en el bar mientras Pili mecanografiaba el informe de mis averiguaciones de la noche anterior. Solo rompí unos cuantos vasos y derramé un café con leche sobre el traje nuevo de un cliente. Pensé que mi padre podía estar contento de mí, porque normalmente cometo auténticos estropicios, pero, si estaba orgulloso de su hijo, no lo demostró.

Es de esa clase de personas rudas por fuera y sensibleras por dentro, que no saben manifestar sus sentimientos. El caso es que, después de la anécdota del café con leche, me condenó a limpiar y desinfectar el sótano y me dijo que no quería verme nunca más detrás de la barra de su bar. Eso hizo que no pudiera salir de casa hasta después de comer, a las tres y media, con el tiempo justo para llegar a las Casas Buenas antes de que fuera demasiado tarde.

Las Casas Buenas están frente a los marchitos y diminutos jardines de la Punta, y junto al gran solar donde se habían hacinado unas doscientas chabolas miserables y vergonzosas.

Hay que decir que era la zona más degradada de mi barrio. Si en torno a la plaza del Mercado, lo que llamamos el centro, había niños alborotadores, y viejos apacibles sentados en bancos al sol, y señoras gordas con carritos de la compra, y perros ladradores, y escaparates puestos con gusto, y algunas amas de casa incluso se detenían ante esos escaparates y se planteaban la posibilidad de comprar algo de lo que se exhibía en ellos, en las Casas Buenas no había un solo comercio, se veía ropa tendida en todas las ventanas, alguien había destrozado los faroles y demás mobiliario urbano a pedradas y te podías encontrar gran cantidad de gente de mala catadura parada en las esquinas, sin hacer nunca nada, mirando a un lado y a otro de la calle, como esperando a otras tantas personas que estuvieran a punto de llegar. *Camellos*. En aquel punto del barrio era donde podían verse, también, los Mercedes y los BMW, y otros coches extranjeros y lujosos, propiedad de los traficantes de droga que vivían en los edificios feos, sucios y deteriorados.

Hacía muy poco que el Ayuntamiento había resuelto erradicar el punto negro que constituía el amasijo de barracas y convertirlo en una prolongación de la Gran Avenida que bordeaba el cementerio, con árboles, farolas de diseño y esculturas abstractas de autores carísimos. Para ello, movilizaron de la noche a la mañana a un millar de policías que, en la llamada Operación Perdigón, de la que hablaron sobradamente todos los periódicos y telediarios, se dedicaron a detener a cuantos camellos y yonquis encontraron a su paso, y desalojaron a los inquilinos clandestinos de dos edificios que habían sido clausurados dos años atrás porque amenazaban ruina. En seguida llegó al lugar un ejército de excavadoras y obreros que procedieron a derribar los edificios desalojados y a reconstruirlos a marchas forzadas. Al mismo tiempo, apareció una flotilla de funcionarios bienintencionados que ofrecía a los chabolistas la alternativa de una modesta indemnización o bien un piso en las cercanas Casas Buenas, con ventajosas facilidades de pago.

La indemnización, por más que no fuera nada del otro mundo, parecía una fortuna para alguien que tenía que trampear con sudores y apuros hasta final de mes. Muchos lo aceptaron. Los vi firmar el recibo, en el patio de sus chabolas o en plena calle, y cobrar el talón, y cargar sus enseres en furgonetas desvencijadas. Y, a continuación, la excavadora arremetía y se llevaba por delante el habitáculo que habían levantado con sus propias manos. Decía mi padre que esa gente terminaría viviendo en otra choza misérrima. Porque habían vivido toda la vida al aire libre, y meterse en un piso se les antojaba como encerrarse en un nicho. Y también porque un puñado de billetes no cambia la vida de nadie. Y creo que tenía razón.

Otros muchos, empero, aquellos que tenían un trabajo fijo que les permitía pagar las hipotecas, los alquileres o lo que tuvieran que pagar, se metieron en los pisos recién construidos. La operación se había realizado tan precipitadamente que, cuando los ocuparon, todavía no había sido instalada la luz eléctrica ni el suministro de agua. Hubo protestas en el barrio y manifestaciones a las que asistimos todos con pancartas y voceando. Y al fin llegaron la luz y el agua y ahí se quedaron los chabolistas, encerrados en sus pisos de cincuenta metros cuadrados, esperando a ver qué pasaba a continuación.

Lo que ocurrió fue que avanzaron las excavadoras y, en una mañana, el barrio de las Barracas se convirtió en el solar de las Barracas, una especie de inmenso campo de batalla arrasado por las bombas. Solo algunas paredes de adobe quedaban inexplicablemente en pie, así como la fuente pública donde llenaban sus cántaros los barraquistas. Se podía ver algún electrodoméstico abandonado y, en medio del páramo, unos barracones metálicos contra los cuales, por alguna razón, nadie había osado arremeter.

Una vez desaparecidas las ignominiosas barracas, llegó la civilización. En un terreno colindante con el solar, se levantaron las enormes vallas publicitarias donde una empresa inmobiliaria (COYDESA, Construcciones y Derribos, S. A.) anunciaba la próxima construcción e inauguración de un hipermercado o centro comercial de no sé cuántos metros cuadrados. Y, para demostrar que la cosa iba en serio, levantaron alrededor una alta alambrada y la decoraron con letreros que advertían: «PELIGRO: PERROS SUELTOS». Desde aquel día, los chavales bautizaron aquel terreno con el nombre de *El Zoo* y se inventaron el juego de ir a la alambrada con la intención de azuzar y exasperar a los feroces perros guardianes.

Los adultos del barrio comentaban que COYDESA habría comprado los terrenos por cuatro chavos, y ahora que, con la llegada de la Gran Avenida, habían subido de valor se preparaba para hacer el negocio del siglo. Los vecinos del barrio, cuando hablaban del tema, arrugaban la nariz, como si de pronto algo oliera mal por los alrededores.

Crucé el solar de las Barracas a toda prisa, sin poder disimular mis aprensiones. No me gustaba pasear por aquella zona, porque allí vivía Carmen Ruano y podía encontrármela, y si había alguien en el barrio (y en el mundo) a quien no quería encontrarme, esa era ella.

2

El ojo de la cerradura

Tuve suerte y llegué sin contrariedades al bloque 2 A de las Casas Buenas. Uno de los recientemente construidos. El ascensor me condujo hasta el ático donde vivía Sibila.

Mi clienta Sibila no se llamaba Sibila, por supuesto. Había adoptado aquel alias por razones profesionales. Como resulta evidente, era vidente. Leía las manos, leía el tarot, leía su bola de cristal, leía los posos de café, leía las cagadas de las palomas. No creo que le quedara tiempo para leer la prensa, pero supongo que no le interesaría tampoco, porque la prensa solo habla del pasado y ella estaba acostumbrada a leer en todas partes el futuro.

La conocí por medio de Carmen Ruano (ay, eran otros tiempos). Carmen me había hablado mucho de su amiga la bruja. Decía que era muy lista y muy simpática. Que no tenía ningún poder sobrenatural, claro está, pero que suplía esa carencia con una intuición fuera de lo común. Cuando fui a verla por primera vez, estaba convencido de que me encontraría con una maruja embutida en una bata de boatiné, con un pañuelo en la cabeza y cara de mantenerse en contacto con el Más Allá a fuerza de lingotazos de anís o de cazalla.

Pero me equivocaba. La Sibila que conocí, la misma que ahora me abría la puerta, era una joven de veintipocos años que, con su sola presencia, te quitaba todas las ganas que pudieras tener de comunicarte con el Más Allá. Para qué, si en el Más Acá había posibilidades de comunicación mucho más interesantes.

—Hola, Flanagan —me saludó con una sonrisa hechicera—. Creí que ya no venías. ¿Traes el informe?

Lo llevaba en la mano. Se lo di, entré en el piso y me acomodé en su despacho profesional, que era también el comedor del piso. La mesa camilla situada ante una ventana que daba al patio de luces servía igual para comer unos huevos fritos que para celebrar sus rituales mágicos. En la pared tenía cuadros reversibles: ahora mostraban imágenes de paisajes pero, cuando recibía a sus clientes supersticiosos, les daba la vuelta y aparecían escenas sobrecogedoras de El Bosco o inquietantes reproducciones de Edvard Munch o de Escher.

Mientras ella leía los folios pulcramente mecanografiados por Pili, yo recordaba las alegres tardes que pasábamos allí Carmen y yo, en compañía de la bruja, escuchando a *Guns n' Roses* («*Don't cry tonight baby*»), o *The River,* de Bruce Springsteen. Sibila sabía hablar muy bien el inglés y nos traducía las letras. «*Me and Mary we met in high school / When she was just seventeen...*», «Mary y yo nos conocimos en el instituto...». Recordé inevitablemente las tristes, tristísimas tardes que pasé allí, después de la ruptura, cuando yo acudía a Sibila, no en busca de los poderes sobrenaturales que no tenía, sino en busca de aquella sabiduría innata que a todo encontraba soluciones, tan lógicas como irrefutables.

Ella me enseñó sistemas infalibles para seguir viviendo sin Carmen. Me enseñó, por ejemplo, que la vida es una serie interminable de despedidas y que, por tanto, hay que aprender a despedirse bien. Y despedirse bien no es salir corriendo sin mirar atrás y echar una cortina sobre el pasado y hacer como si no hubiera existido. Muy al contrario, despedirse bien es saber estrecharse las manos, mirando con serenidad a los ojos, y recordar en ese momento crucial todos los momentos hermosos que vivimos, y llevarlos con nosotros, porque eso es riqueza y enriquece. Parece un método más doloroso que el que yo conocía hasta entonces, pero de pequeño ya me enseñaron que lo que pica, cura. Y que las heridas tapadas por completo suelen infectarse y dejan cicatrices mucho más profundas. También me aconsejó sistemas que me escandalizaban un poco y de los cuales nunca hablé con nadie. Era muy atrevida y decía las cosas claras y se reía de mi rubor y me enseñaba a reírme de mí mismo. Un día, por ejemplo, me dijo:

—¿Has llorado ya por Carmen? ¿Pues qué esperas?

Ya digo que las suyas eran soluciones sencillas, de una lógica apabullante, pero a las cuales, por lo visto, no resultaba tan fácil llegar.

—¡Es estupendo! —Había terminado Sibila de leer mi informe—. ¿Te ha dado mucho trabajo?

—No, qué va. Lo de siempre. Poner un poco la oreja en el vecindario y revolver sus basuras. Creo que hay datos de sobra para impresionar a la señora Romero.

Porque de eso se trataba. De impresionar a los clientes.

Ese era el trabajo que me había encargado un mes atrás.

—Como comprenderás —me dijo entonces—, si yo tuviera poderes, acertaría la primitiva cada semana y haría una poción para que Tom Cruise se enamorara de mí. Pero, aunque no tengo poderes, yo sé que puedo ayudar a mis clientes, que les puedo dar buenos consejos. —Yo también estaba convencido de ello. A cualquiera que me hubiera preguntado dónde podía obtener una solución a sus problemas, le habría recomendado que fuese a ver a Sibila—. Y también sé que puedo ayudarles mejor si *ellos creen* que yo tengo poderes. Ahí es donde entrarías tú, si aceptaras este trabajo.

Estaba dispuesto a aceptar aquel trabajo de antemano. Cualquier cosa con tal de tener una excusa para continuar visitando a Sibila.

—Di —la animé.

—Cada vez que un nuevo cliente concierte una cita por teléfono, yo te avisaré. Te daré su nombre, su dirección y todos los datos que haya obtenido de él. Y tú le investigarás un poco, para averiguar cuatro cositas de su pasado. Cuando vengan, yo se las suelto y quedan impresionados y convencidos. Y seguirán mis consejos a pies juntillas.

—¿Pero no es el futuro lo que uno le va a preguntar a una vidente? —había preguntado yo, sorprendido.

—La solución de los problemas presentes solo puede encontrarse en el presente o en el pasado. Nunca en el futuro, porque el futuro no existe, Juan. El porvenir, como su nombre indica, siempre está por venir.

Bueno, no me parecía un trabajo muy limpio, la verdad, pero Sibila terminó de convencerme aduciendo que los clientes que no acudieran a ella irían a otras brujas del barrio, como Madame Tarot, que siempre les decía que estaban enfermos de algo y les sacaba los cuartos vendiéndoles unas pócimas asquerosas y unos brazaletes feos como ecuaciones algebraicas, o caerían en poder de la Maga Ramona, que era una chismosa, y sembraba cizaña entre las familias diciéndoles a los clientes que su cuñada les había echado el mal de ojo, o que su hermana hacía vudú para que les cantasen malos números cuando jugaban al bingo.

Resultaba muy difícil negarle nada a Sibila. Poseía una mirada turbadora que parecía invitarte a no sé qué no sé exactamente de qué manera. Y, claro, en esas condiciones siempre terminabas haciéndote un lío.

Me ofreció una tercera parte de lo que cobraba por consulta, o sea: quince euros por informe. Debo hacer constar que yo nunca le reclamé ninguna cantidad, que no regateé lo que me ofreció y que nunca le pedí aumento de sueldo. Y creo que eso aumenta notablemente la gravedad de lo que ocurrió. Yo, con aquel dinero, iba reuniendo poco a poco la cantidad necesaria para comprarle un ordenador a mi hermana Pili, para sus estudios y para su trabajo de secre.

Quince euros; eso fue lo que me pagó aquel día Sibila, uno encima de otro. Quince malditos euros que nos iban a complicar la vida mucho más allá de lo que podíamos imaginar.

—Por el siguiente trabajo —dijo ella—, te pagaré veinte, porque el cliente no es del barrio y tendrás gastos de desplazamiento. —Me entregó un papelito—. Aquí tienes sus datos. Lo necesito antes del lunes.

Doblé el papel y me lo metí en el bolsillo del chándal sin mirarlo. Pensaba en otra cosa. Desde que habíamos empezado a colaborar, quería pedirle algo, pero siempre me había dado corte. Al fin, me armé de valor:

—Oye, Sibila...

—¿Sí?

—La señora Romero va a venir esta tarde, ¿no?

—Tiene hora a las cinco y media.

—Podría... ¿Podría estar aquí cuando le leas el futuro? Me gustaría ver cómo lo haces...

Fue inflexible:

—No puede ser, Flanagan. Ni hablar. Nadie debe vernos juntos.

—Ya lo sé. Me esconderé donde tú me digas. En la cocina, por ejemplo. No haré ningún ruido, de verdad. Cuando me lo propongo, puedo ser tan silencioso como un vegetal.

—No, Flanagan. Yo tengo que concentrarme para trabajar y no puedo hacerlo si sé que hay alguien mirando. Es como cuando te das cuenta de que alguien está leyendo por encima de tu hombro. Además, está el secreto profesional. Lo comprendes, ¿verdad?

Lo comprendí. Qué remedio. Sibila tenía una sonrisa que los militares podrían usar como arma estratégica para desarmar por completo a un hipotético batallón enemigo. Casi sin darme cuenta me vi en el rellano con la puerta cerrándose ante mis narices.

Lo que sucedió a continuación vino favorecido por dos circunstancias coincidentes.

Una era que los vecinos que compartían rellano con Sibila habían resultado ser unos pájaros de cuidado, yonquis, atracadores, traficantes de heroína y no sé cuántas cosas más. Pocos días antes, otro yonqui que iba a comprarles droga y que estaba con el mono había reventado la puerta de un puntapié y se les había metido en casa. Siguió una reyerta tremenda, con pistoletazos y navajas, y los vecinos y sus amigos habían terminado distribuidos entre el hospital y la cárcel.

(Este tipo de incidentes eran habituales en las Casas Buenas).

En aquellos momentos, la puerta del piso estaba cerrada por una cadena y un candado de ínfima categoría y, en sus junturas, se podían ver unos adhesivos que declaraban cerrado y sellado el domicilio por orden judicial.

La segunda circunstancia favorable fue que, últimamente, yo estaba estudiando el uso de ganzúas y otros métodos para abrir cerraduras y llevaba siempre en la mochila un largo llavín con los dientes aserrados y un alambre de extremo levemente retorcido con los que me había estado entrenando. Estaba harto de leer en las novelas que los detectives entraban y salían de casas ajenas con absoluto desparpajo, mientras que yo me veía impotente ante un simple pestillo echado. Con mi ganzúa no sería capaz de abrir una cerradura de alta seguridad, claro, ni siquiera una de baja seguridad, ni siquiera una que exigiera llave de tija y paletón, ni mucho menos si la llave era hembra, o sea, de tija hueca. Bien pensado, con mi ganzúa casi no podía abrir nada. Apenas el candado que me servía para experimentar. Pero el caso es que el candado de la puerta frontera al piso de Sibila era muy parecido al que yo tenía en casa.

Ya os podéis imaginar lo que sucedió después.

Llegó el ascensor, pero no lo cogí. Esperé unos segundos. Alguien lo reclamó desde la planta baja. Perfecto. Sibila creería que me había ido.

Introduje la punta del llavín desdentado en la cerradura del candado y, por debajo de él, a modo de dentadura postiza, el alambre de punta retorcida, la ganzúa propiamente dicha, que no en balde ganzúa viene del vasco *gantzua,* que significa 'gancho'. Se necesitan paciencia y manitas para ir burlando una a una las guardas de la cerradura e ir acertando con los pequeños resortes. Mucha paciencia para ir haciendo saltar ahora uno, ahora el siguiente, probando cada vez a hacer girar el llavín. Hasta que, de pronto, el mecanismo hace *¡clac!*, y te invade una mezcla de alegría, miedo y urgencia loca que resulta sumamente placentera. Levanté con cuidado los sellos del juzgado, que no ofrecieron ninguna resistencia, y penetré en casa ajena con el entusiasmo de quien hace algo prohibidísimo.

El piso estaba completamente destrozado. Aparte de las manchas de humedad y las grietas de las paredes, que ya se sabía que formaban parte de la geografía de aquellos pisos, había una mesa patas arriba, sillas hechas pedazos, cristales rotos y un par de impactos de bala en el techo. Por los rincones correteaban alegremente las cucarachas. Busqué la ventana que se abría al patio de luces. Estaba cerrada, pero me bastó con acercarme al resquicio para descubrir que, como pensaba, daba justo frente al comedor/consultorio de Sibila. El calor apretaba y la vidente tenía los postigos abiertos de par en par.

Esperé casi dos horas en aquel decorado vacío y deprimente. La paciencia es una de las cualidades más imprescindibles en todo detective privado. Y para adquirir paciencia hay que ejercitarla. Lo malo era que solamente llevaba encima, para poder distraerme, el *walkman* con la *Música para Masocas.* Y me encontraba en el barrio de Carmen.

¿Qué podía hacer? Tenía todas las excusas del mundo para atormentarme un poco, y me dediqué con entusiasmo desmedido a la labor. Supongo que eso fue lo que ensombreció progresivamente mi actitud, disipando mi sentido del humor, y me predispuso en contra de lo que pudiera suceder a continuación. Me arrepentí de haber entrado subrepticiamente en casa ajena, me dije que estaba convirtiéndome en un pequeño delincuente y me recriminé con dureza aquella travesura con que estaba a punto de traicionar a mi amiga Sibila.

No me hizo ninguna gracia la entrada de la exuberante doña Juana Romero en el consultorio, con aquel vestido tan ajustado que casi merecía el nombre de corsé, aquellos zapatos de tacón que resonaban como golpes de tambor anunciando su llegada, y aquella capa de maquillaje tan consistente que parecía una careta de cartón piedra. Abría mucho sus ojos pequeños y redondos, mirándolo todo con descaro, y venía diciendo:

—Huy, pero si eres una criatura. Yo te creía mayor. Yo no creo en estas cosas, ¿eh? Permíteme que te tutee, porque podría ser tu madre. Yo vengo porque me duele mucho la cabeza, sobre todo de noche, y tengo unos calores y unos sofocones, sobre todo desde hace un par de meses, y vengo a ver si me los quitas. Pero yo no creo en estas cosas, ¿eh? Ay, qué curiosa tienes puesta la casa. Sencillita. Bien. Dime, mona, dime.

Lo que en otro momento me habría parecido graciosísimo, en aquellas circunstancias se me antojaba vulgar y odioso. Pero no abandoné mi puesto de observación. Arrodillado en el suelo, para quedar a la altura del resquicio, pegué la cara a la persiana, como el mayordomo que espía a sus señores por el ojo de la cerradura. Tenía a las dos mujeres literalmente ante mí, al otro lado del patio de luces.

Sibila tomó la mano de doña Juana entre las suyas, la contempló unos segundos, con gran seriedad, y antes de que la mujer pudiera soltar alguna impertinencia, inició su trabajo de zapa:

—Hígado —soltó, como si fuera una palabra mágica—. Usted tiene problemas con su hígado.

—¡Ay! ¿Cómo lo sabes? —exclamó doña Juana, con un sobresalto que provocó un alegre tintineo de su bisutería.

—... Pero come chocolate —se extrañó Sibila—. Come demasiado chocolate, y eso es malo para el hígado.

La expresión distanciada y juguetona de la clienta se venía abajo, dejando en su lugar la mirada atónita de la reverencia y la fascinación.

—Caramba. ¿Cómo lo sabes? —repetía.

Sibila fue aludiendo con sabiduría infinita a todos los puntos del informe que había redactado mi hermana Pili. Que la señora tenía un gato, que hacía bien absteniéndose de comer carne, que confiaba demasiado en un número que le era infiel («¿el siete, tal vez?»). Durante todo el rato, iba en aumento la estupefacción de doña Juana, que no dejaba de repetir: «Anda, ¿cómo lo sabes? Vaya, hombre, ¿cómo lo sabes? Pero ¿cómo lo sabes? ¿Cómo puedes saberlo?». Y, al fin, con un susurro que demostraba que estaba admirada hasta limites insuperables: «Carayyyyyyy, pero ¿cómo lo sabes?». Cuando Sibila se permitió el primer respiro, era obvio que doña Juana estaba rendida ante ella, dispuesta a creer cualquier cosa que la bruja le dijera. A pesar de mi mal humor, estuve a punto de aplaudir.

—Pero sus males no vienen del chocolate —dijo mi amiga, muy seria.

—¿Ah, no?

—Ni siquiera del hígado.

—¿Ah, no?

—Usted se divorció hace un año, ¿verdad?

—¡Sí! Pero ¿cómo es posible que lo sepas?

—Y esta es la primera primavera que ha pasado sin marido.

—Desde hace muchos años, sí, pero ¿cómo puede ser posible que lo sepas?

—Ahora, ¿le duele la cabeza?

—No. Ahora, no.

—Pues yo le voy a decir una cosa que le provocará ese dolor de cabeza instantáneamente.

—¿De verdad?

—Usted está deseando encontrar al hombre de su vida.

—¡Oh, qué dolor de cabeza tan espantoso!

—Usted está buscando a un caballero más o menos de su edad para compartir con él su vida, para terminar de una vez con la soledad...

—Vamos, vamos, por favor, a mi edad... Eso es imposible. ¿Has dicho un caballero soltero de mi edad? ¿Un divorciado? ¿Un viudo? Pero ¿cómo le conoceré? ¿Cómo sabré que es él? ¿Cuándo le conoceré? ¿Cómo es él? ¿A qué dedica su tiempo libre? ¿Cómo se llama? ¿En qué trabaja? Pero, por favor, ¿cómo puedes pensar que yo, a mi edad...? —Se sofocaba la señora, resoplaba como una olla a presión, se abanicaba con la mano que Sibila le dejaba libre—. ¡Si ya no estoy en edad de comprometerme! ¡Ay, por Dios, qué dolor de cabeza tan agobiante!

—A lo mejor, ya se conocen ustedes —sugirió la bruja.

—¿Y por qué no me ha dicho nada? —chilló la señora Romero, ofendida, enfadadísima con el hipotético pretendiente—. ¿Es tímido? —preguntó. Y, acto seguido, decidió, emocionada, casi con lágrimas en los ojos—: ¡Sí, claro! ¡Es tímido! Tal vez use a una tercera persona para acercarse a mí, ¿no te parece? Un amigo, o un familiar...

—Creo que no puedo decirle nada más —dijo entonces Sibila.

—¡No, claro que no! —aceptó la señora inmediatamente, poniéndose en pie de un salto, como si acabaran de acusarla de abusar de la paciencia de la dueña de la casa o de preguntar impertinencias. Con mano temblorosa, rebuscó en su bolso y sacó una billetera—. Perdona, perdona. ¿Puedo venir otro día?

—¿Le duele la cabeza? —preguntó Sibila.

Doña Juana Romero se detuvo un instante, mirando al techo, con los ojos y la boca muy abiertos, atenta al estado de su cabeza. Sonrió de manera deslumbrante y dijo:

—¡No! ¡Se ha ido mi dolor de cabeza! Tengo la cabeza ligera, ligera. Hasta parece que puedo respirar mejor. ¡Sí! Puedo respirar mejor.

La verdad es que respiraba como si sufriera un ataque de asma. Pero, en aquel momento, la comprendí. Hasta yo me sentía mejor, hasta me sentía inclinado a compadecer y apreciar a la pobre mujer, divorciada y sin esperanzas. Tal vez habría llegado a tomarle afecto, incluso, si la mujer no hubiera tenido que pagarle nada a Sibila. Pero tenía que hacerlo.

Y le preguntó: «¿Cuánto te debo?».

Y Sibila respondió.

Sibila respondió y a mis pies se abrió un abismo negro, profundo y maloliente, poblado de monstruos con tentáculos, como esos pozos a los que el Capitán Trueno estaba cayendo continuamente.

Doña Juana Romero preguntó:

—¿Cuánto te debo?

Y Sibila, mi amiga Sibila, mi consejera y cliente, la persona en quien yo más confiaba, le respondió:

—Noventa euros. La primera consulta son noventa euros, tal como quedamos por teléfono.

¡Noventa euros! Por poco se me sale la cabeza por el minúsculo resquicio de la persiana. Por poco me pongo a gritar como un loco. ¡Y a mí me había dicho que les cobraba cuarenta y cinco euros, y habíamos quedado en que me daría la tercera parte! ¡De aquellos noventa euros, a mí me correspondían treinta! En otras palabras: ¡Me estaba robando en cada informe!

Me dolió mucho más el hecho de que me engañara que el pensar en el dinero que me había estafado. Si no lo estuviera viendo con mis propios ojos, no lo habría creído. Tal vez, en otra ocasión, habría ido a su encuentro y, demostrando el dolor en mi rostro, le habría preguntado: «Sibila, ¿por qué me has hecho esto?». La verdad es que mi primera reacción fue la de salir de mi escondite y aporrear la puerta del piso de la bruja, para hablar con ella. Pero en seguida cambié de idea. No, no podía hacerlo. Si le decía que lo había visto todo, tendría que admitir que había entrado en un piso que no me pertenecía y que, también yo, a mi manera, había traicionado su confianza. Una traición pequeña e inocente, en comparación con la suya, pero traición al fin. Además, mi ánimo deprimido, perturbado y dolorido no estaba para conversaciones civilizadas ni explicaciones negociadoras. Mi ánimo oscurecido por la amargura me decía que tenía que haber una manera más sofisticada de ajustar cuentas.

Sin pensarlo, casi actuando con vida propia, mi mano se me fue al bolsillo. Y del bolsillo sacó el papel que me había dado Sibila, donde constaban los datos de su próximo cliente: «Adrián Cano Arrieta». Y una dirección del centro de la ciudad, del Ensanche.

—Me parece que vamos a divertirnos un poco, Adrián... —dije en voz baja, mientras empezaba a vislumbrar una retorcida idea para consumar mi venganza. Y aquella noche, en casa, repetí a Pili las mismas palabras antes de referirle los detalles del plan—: Me parece que vamos a divertirnos...

Nos reímos mucho al pensar en lo que iba a ocurrir y, a pesar de haber sido vergonzosamente estafados, nos fuimos a dormir contentos.

La noche era cálida, pero no calurosa, y permanecí un rato despierto en la cama, con las luces de la habitación apagadas y la ventana abierta, escuchando el modesto rumor de la gente que cenaba tapas en la calle. Gente que pronto se retiraría, porque mañana era viernes, día laborable, pero que se lo pasaba bien y empezaba ya a hacer planes para las vacaciones. Gente modesta, buena gente, pensé. Y esa última idea que tuve antes de dormirme fue como una mezcla de premonición fallida y de sarcasmo.

Porque al día siguiente tuvimos un muerto en el barrio y las cosas empezaron a complicarse de verdad.

3

Hay un muerto en mi barrio

Pili se enteró antes que yo porque se me coló en el cuarto de baño y, luego, mientras yo me duchaba, mi madre la envió a no sé qué recado a la panadería y allí oyó los primeros comentarios. Cuando regresó a casa, me encontró desayunando, con medio dónut en la mano derecha, camino de la boca. Me inmovilicé, dónut en alto, al ver la expresión grave de su rostro y la fijeza con que me miraba.

—¿Qué pasa? —tuve que preguntar.

—Que han encontrado a un muerto en la Textil, Juan. —Se refería a una antigua fábrica de tejidos, en lo alto de la montaña, hoy abandonada y medio derruida—. Un hombre. Asesinado a tiros.

—¿Y? —pregunté con el alma en vilo.

La noticia de un asesinato, por lamentable que fuera, no justificaba el tono de preocupación de mi hermana. Tenía que haber algo más.

—Pues que el asesino... —dudó Pili.

—¿Sí?

—Que el asesino... Que, en fin, que la policía ha detenido a Reyes Heredia.

—¿Reyes Heredia? —repetí, sin aliento.

Reyes Heredia era gitano. Un chico de veinte años, muy salado, el molón del Pueblo Viejo, que encandilaba a todo el mundo con la guitarra y cantaba rumbas como un profesional. Iba para artista. Lo conocí en el llamado bar de los Lolailos y llegamos a simpatizar mucho. Coincidíamos en el sentido del humor, y él contaba los peores chistes del mundo con más gracia que nadie.

Ahora, salía con Carmen. Sí, con Carmen Ruano. Con *mi Carmen.* Salían juntos. O sea, que habían detenido al novio de Carmen como sospechoso de asesinato. Demasiado.

Se me alteraron la respiración y el ritmo cardíaco. Pero fue solo un momento. Resoplé disimuladamente por la nariz para expulsar miasmas nocivos, le di un mordisco al dónut y repliqué, displicente:

—¿Ah, sí?

—En el bar..., en el barrio, no se habla de otra cosa. Están todos muy exaltados.

Hice un gesto que podía significar cualquier cosa, desde contrariedad a incredulidad y hasta indiferencia, y terminé de meterme en la boca el dónut, que de pronto me pareció hecho de barro. Se me había quitado el apetito por completo, pero no estaba dispuesto a demostrarlo. Me abstuve de mirar a los ojos de Pili hasta que mi madre la llamó a la cocina y desapareció de mi vista.

Solo una vez había hablado con Reyes Heredia desde que él salía con Carmen. Me estaba esperando a la salida del instituto. Me llamó. «¡Juan!». Yo me hice el sordo. Vino tras de mí. Me puso una mano en el hombro. Lo miré.

—Juan... —dijo él. Y vi en sus ojos que estaba desolado, que lamentaba perder mi amistad, que deseaba hacer algo por evitarlo.

—Quita —dije yo. Solo eso. «Quita».

Y él repitió:

—Juan... —Con una sonrisa de preocupación, de impotencia ante lo inevitable. Una sonrisa que significaba: «Lo siento, las cosas han ido así, no se puede luchar contra este tipo de sentimientos, trata de superarlo». Y una palmada en la espalda que me abrasó como el contacto con un hierro al rojo.

Lo peor de todo es que me caía bien, que me seguía cayendo bien. Lo mínimo que se le puede exigir a alguien que te roba la novia es que sea un individuo odioso y despreciable. Que puedas desahogarte imaginando que va a operarse del apéndice y los médicos se confunden y le hacen una operación de cambio de sexo. O que resbala y se cae de bruces sobre una cagada de perro San Bernardo. Lo peor de todo era que, en mi fuero interno, yo no podía dejar de admitir que posiblemente Reyes era una pareja mejor que yo mismo para Carmen, y que, de hecho, para qué quería yo una novia a mi edad. Qué me importaba, si tenía el futuro ante mí y el mundo estaba lleno de chicas. Pero no conseguía engañarme. Cuando tienes algo, puedes llegar a dudar de si realmente deseas tenerlo. Pero, cuando lo pierdes, estás seguro de que lo querías.

Pensé en otras batallas perdidas. Clara, Nines... Traté de alejar estos recuerdos. Lo cierto es que, últimamente, me alteraba notablemente el hecho de pensar en chicas, y estaba elaborando la teoría de que no eran seres humanos, sino habitantes de un planeta hostil a la Tierra, enviadas a nuestro mundo con la misión concreta de acabar con mi sistema nervioso.

Cuando salí al bar, lo encontré lleno de gente, de gritos y de rostros congestionados. Allí estaba Rodríguez, el dueño de la tienda de fotografía, y uno al que llamábamos Lechón, que tiene un puesto en el mercado. Tiempo atrás, entre los dos habían agarrado a Carmen y, al grito de «vas a ver tú, gitana de mierda», le habían propinado una buena paliza. En aquellos momentos, todos los presentes parecían compartir aquella actitud y la proclamaban a pleno pulmón.

La noticia que los hacía vibrar no era la del asesinato de un hombre a manos de otro, sino la del asesinato de un payo a manos de un gitano, y eso daba una virulencia al ambiente que me erizaba los cabellos. En seguida, fueron «los gitanos», todos en general, quienes habían matado a un payo llamado Sebastián Herrera. Y, a partir de ahí, aquella caterva de exaltados atribuía a los gitanos de las Casas Buenas toda la delincuencia que pudiera haber en el barrio. Robos, violaciones, asesinatos (así, en plural, como si cada día tuviéramos una docena). Y esas cosas sucedían, según opinión compartida por la concurrencia, porque eran los gitanos quienes vendían droga en las Casas Buenas. Se suponía, pues, que eran ellos los propietarios de los Mercedes y los BMW y que por su culpa se nos llenaba el barrio de yonquis desesperados que daban tirones a los bolsos de las señoras o asaltaban a los niños, amenazándolos con navajas. Eso no era cierto, y lo sabíamos todos. Lo sabían quienes lo mentían; lo sabía mi padre, que callaba; lo sabía yo, que rabiaba; lo sabía mi madre, que a veces parece que no se entera de nada. Todos habíamos visto alguna vez a los propietarios de aquellos cochazos y sabíamos que la mayoría eran payos, payos y bien payos. Algún gitano habría, no digo que no, pero la mayoría eran payos.

Esa verdad, sin embargo, no parecía alterar en nada la convicción de los enloquecidos parroquianos.

El Lechón, sudoroso y borracho de cerveza, se mostraba partidario del genocidio como si esa fuera una consigna noble y bondadosa. Yo nunca había asistido a una manifestación de irracionalidad semejante. Antes, solo había oído hablar en aquellos términos a los nazis locos de las películas americanas. No creía que una cosa parecida pudiera darse en serio en la vida real. Se lo pasaban bomba, trasegando alcohol, emborrachándose a primera hora de la mañana y compitiendo para ver quién la decía más gorda. Rodríguez decía que tendrían que haberlos echado del barrio cuando el Ayuntamiento demolió las Barracas.

Era verdad que la mayoría de los habitantes de las Barracas pertenecían a la raza gitana; y a muchos payos que vivían en pisos decrépitos de los Bloques, o en las Torres, o en casuchas del Pueblo Viejo, no les gustó que ocuparan las Casas Buenas reconstruidas por el Ayuntamiento. Decían que los gitanos no sabrían vivir en un piso y que aquellas viviendas nuevas tendrían que ser para los payos, o sea, para ellos. Imaginé que más de uno de los presentes, en aquellos momentos, estaría planeando echar a los gitanos de los pisos que les pertenecían para instalarse en su lugar.

Toda aquella violencia, lo que decían y el tono en que lo decían me provocó un nudo en el estómago. Allí había gente a la que conocía de toda la vida y de la que jamás hubiera podido esperar semejante reacción. La cajera del súper, el dependiente de la farmacia vecina, un viejo que había sido marinero y que me contaba las aventuras de sus viajes cuando yo era pequeño.

—¡Son todos *drogadizos*! —gritaba el vejete, que siempre me había parecido buena persona—. ¡Son todos unos *drogadizos*!

Me fijé en mis padres. Mi padre miraba a sus parroquianos sin abrir la boca, como si estuviera considerando muy seriamente todo lo que se decía y no quisiera dar su opinión hasta haber escuchado todos los puntos de vista. Y sumiso, casi servil, asustado, iba poniendo cervezas y vasos de vino sobre el mostrador sin parar. Pensé que el que calla otorga, y me avergoncé de él. Mi madre me echó una breve ojeada cargada de miedo y confusión y se escabulló hacia la cocina.

Pero yo también me asusté al verme ante la locura desatada. Me desasosegó saberme en las filas del bando de los locos ganadores de antemano. Y también opté por callar. Me sonrojé y bajé la vista, avergonzado de mí mismo, y hui, queriendo pensar que aquello no era asunto mío, que eran demasiados para liarme a puñetazos con todos ellos. Nunca me había sentido tan solo en un mundo tan injusto.

Mi idilio con Carmen me había llevado al ambiente de los gitanos, y allí había aprendido a valorar las cualidades de esta raza extrovertida, espontánea, generosa, libre y noble. No se puede negar que hay delincuentes entre ellos, como también los hay (¡y muchos más!) entre los payos, y que poseen un código de conducta y una ética propios, pero los payos que llenaban el bar de mi padre no tenían ningún derecho a opinar sobre el tema porque ninguno de ellos sabía siquiera lo que significaba la palabra ética.

Y quien dice gitanos dice árabes, o negros. Mucha gente los rechaza, les niega el trabajo y el pan y los empuja a la marginación y, luego, cuando alguno de ellos, tal vez enloquecido por esa misma marginación, comete un disparate, no solo no se le perdona, sino que se hace recaer su culpa sobre todos los de su raza. Si Juan Pérez Payo mata a alguien, Juan Pérez Payo es un asesino. Si Juan Pérez Gitano mata a alguien, todos los gitanos son asesinos. Y ya se dispone de un nuevo argumento para rechazarlos.

Aun conociendo todo esto, me callé. Me lavé las manos. Me abrí paso entre la multitud de fanáticos y, temblando de ira, salí a la calle.

Allí me esperaba otra sorpresa. La sorpresa que paralizó mis temblores, y los latidos de mi corazón, y hasta el funcionamiento de mis neuronas.

La sorpresa era Carmen. Carmen Ruano. Estaba plantada en la acera, al otro lado de la calle, con los ojos fijos en mí. Nuestras miradas chocaron con la violencia de dos aviones en pleno vuelo. Por un instante nos quedamos así, como aturdidos por un impacto apocalíptico. Nos separaban ocho o diez metros, pero aun desde esa distancia podía advertir que la morenita, *mi morenita,* había llorado cantidad, que había corrido cantidad, que había gritado cantidad. A saber la noche que había pasado desde el momento en que detuvieron a Reyes. Llevaba despeinada su melena tan negra, la camiseta manchada, se le advertían churretes en las mejillas, y en su rostro se reflejaba una mezcla de emociones, miedo, vergüenza y tristeza, que me golpeó en ambas rodillas y casi voy a parar al suelo.

Comprendí que había venido a pedirme ayuda para exculpar a su novio, y que ahora no se atrevía, que le resultaba violento después de lo ocurrido entre nosotros. Quizá no me creyera ya merecedor de sus caricias, pero todavía no había perdido la fe en mí como investigador.

No sé por qué lo hice. Tal vez porque no me veía con fuerzas de intercambiar ni una palabra con ella, tal vez por cobardía, quizá por afán de revancha. El caso es que aparté mis ojos de la gitanilla, como si no la hubiera visto, y eché a caminar por mi acera, en dirección al instituto. Pensé: «No es asunto mío. Yo no puedo hacer nada». Me sentía tan mal que hasta mis pensamientos jadeaban. «Ahora solo faltaría que me pusiera a defender al novio de mi ex. Un poco de dignidad, por favor». Hui. Continuaba lavándome las manos. Llegaba tarde a clase. Aunque no hacía falta que asistiera al instituto porque lo tenía todo aprobado, aquel día no quería perderme ni un segundo de clase. Hui. Esperaba escuchar un grito. «¡Juan!», tal como ella lo pronunciaba, «*¡Huan!*», que tantas veces me había provocado escalofríos de gusto. Acaso era eso lo que estaba esperando. Pero ella no gritó, o yo no lo oí. Solo continuó mirándome, la vista fija en mi nuca, que eso sí que lo sentí. Y no me pareció motivo suficiente para detenerme.

En el instituto, descubrí con horror que muchos de mis compañeros se habían contagiado del mismo virus que sus padres. No sé por qué, confiaba que la gente de mi edad fuera un poco más sensata.

También allí terminé de enterarme de los pocos datos que se conocían acerca de la muerte del tal Sebastián Herrera. Al parecer, tenía unos cincuenta y cinco años, había trabajado toda su vida en una gestoría, en la actualidad llevaba tres meses en el paro y vivía solo, en los Bloques. Frecuentaba el bar del mercado donde, por lo visto, había coincidido más de una vez con Reyes Heredia y más de una vez habían discutido. La última discusión se había producido el martes por la noche. Se decía que habían llegado a las manos y todos estaban convencidos de que Reyes Heredia lo había amenazado de muerte (pero eso, conociendo a Reyes, era imposible). El crimen se había producido durante la mañana del jueves y habían encontrado el cadáver a última hora de la tarde. Le habían pegado cuatro tiros. Yo tampoco podía imaginarme a Reyes Heredia manejando una pistola. No obstante, la detención del muchacho había sido casi inmediata.

Yo me repetía que aquello no era asunto mío, que yo no podía hacer nada, que sus motivos tendría la policía para detener a Reyes Heredia.

Comí a las dos y salí del bar para investigar al próximo cliente de Sibila. En el barrio la atmósfera estaba cargada de electricidad, pero yo me empeñé en ignorar ese detalle. De camino al metro pude ver aquí y allá grupitos de gente exaltada discutiendo no sé qué jugada. Más que corros de vecinos charlando, parecían unidades de alistamiento para quién sabe qué ejército y para quién sabe qué causa. En todo caso, una causa turbia, hecha de odio, de irracionalidad y de egoísmo. Se hablaba de organizar una gran manifestación para aquella misma tarde, con el fin de exigir la inmediata expulsión de traficantes de droga del barrio. Uno de los que más gritaba era un conocido traficante de droga, propietario de una costosísima furgoneta japonesa que siempre estaba aparcada frente al bar de los Lolailos. Eso sí: era payo y, por tanto, parecía estar por encima de toda sospecha. Quienes le escuchaban, todos payos, habían olvidado momentáneamente cómo se ganaba la vida aquel sujeto.

Quise creer que todo era pura palabrería, que en unas horas empezarían a apaciguarse los ánimos, y me forcé a olvidarlo todo y concentrarme en lo que tenía entre manos. La investigación sobre el tal «Adrián Cano Arrieta». A ver quién era y qué era aquel fulano.

El metro me dejó en la plaza de España. Según el papel que me había dado Sibila, su próximo cliente vivía en un piso de la Gran Vía. No llevaba un plan de investigación predeterminado e improvisé al llamar directamente a su domicilio desde el portero automático. No contestaron. Parecía que no había nadie en casa.

Cerca de allí vi una papelería. Entré, compré un bloc de los más baratos, pequeño, minúsculo, y pedí que me lo envolvieran para regalo.

—¿Para regalo? —se sorprendió el dependiente.

—Dicen que lo que cuenta es el hecho de acordarse, no el valor material del regalo, ¿no? —contesté muy digno.

La verdad es que un objeto pequeño envuelto con papel de lujo parece más valioso que un gran paquete.

Volví a casa de Adrián Cano. Con la mano abierta pulsé todos los timbres del portero automático a la vez. Contestaron varias voces: «¿Quién? ¿Quién es? ¿Diga?». Grité: «¡Correo comercial!». Me abrieron. Adrián Cano vivía en el principal primera. Llamé a la puerta del principal segunda.

Al cabo de unos instantes salió una viejecita de aspecto amable y parlanchín. Compuse mi mejor sonrisa y le mostré el cuaderno microscópico envuelto como si fuera una joya:

—Perdone, señora, pero traigo un paquete para el señor Adrián Cano, y parece que no hay nadie en su casa.

—No, no están. ¿Para quién es el paquete? ¿Para el padre o para el hijo?

Durante un momento no comprendí lo que me estaba preguntando, y luego caí en la cuenta de que padre e hijo debían de llamarse igual.

—No sé —improvisé—. Me han dicho que es para una persona joven...

—Pues es Adrianito, el hijo. A los veintiocho años aún se es joven, ¿no, hijo? ¡Ay, quién tuviera veintiocho años! ¿Sabes el segundo apellido?

—Arrieta —dije.

—Sí, entonces es para Adrianito. Si me dejas el paquete ya se lo daré yo.

—Es que no puedo —me resistí—. Me tiene que firmar un recibo personalmente. Es norma de la empresa, ¿sabe?

—Bueno... Entonces tendrás que pasar a partir de las ocho. A esa hora sale del periódico donde trabaja, y siempre viene directo a casa. No es de esos jóvenes que se pasan la vida zascandileando por ahí, no, no. Está muy pendiente de sus padres y, además, dice que hoy en día no se puede salir de noche, que te pueden atracar. Y tiene razón. Sin ir más lejos, a mi nuera, el otro día, en el mercado...

—¿Y qué pasará si ha salido de viaje? —la corté, antes de que me contara la crónica de sucesos de todos sus familiares—. Los periodistas suelen viajar mucho.

—No, no. Él no lo hace nunca. Trabaja con el... con el... *telepito*, eso es —dijo con respeto la anciana, imaginando quién sabe qué aparato ultramoderno.

—El teletipo —la corregí.

—El *telepito*, sí, eso he dicho, hijo.

Salí de allí con una primera idea bastante elaborada sobre la personalidad de mi hombre. Un personaje más bien apocado y tímido que todavía vivía con sus papás a los veintiocho años, que no salía nunca de noche y que se dejaba llamar «Adrianito» por su vecina y, posiblemente, también por sus padres. Si a mí alguien me llamara «Juanito» a los veintiocho años, acabaríamos los dos en el Juzgado de Guardia. Y, por lo que yo sabía, su trabajo en el teletipo en el periódico constituía el más ínfimo escalón en su oficio, una categoría casi comparable a la de chico de los recados.

De nuevo en la calle, consideré los siguientes pasos que dar. Podía ir hasta el periódico donde trabajaba Adrianito para recabar más detalles sobre su vida. También podía seguir investigando en el barrio, o esperar a que bajaran las basuras para hurgar en los desechos de la familia Cano.

Pero ninguna de estas ideas me convencía. ¿Para qué? Ya sabía lo suficiente como para consumar mi venganza contra Sibila.

Además, estaba deseando regresar al barrio. No podía quitarme de la cabeza la imagen de Carmen, desesperada y avergonzada, pidiéndome ayuda con la mirada.

Reyes Heredia podía haber discutido en lugares públicos con el tal Herrera, pero fríamente (si es que podía pensar en aquel asunto fríamente) yo no creía que lo hubiera matado. No me cuadraba con su personalidad. Pero ¿qué podía hacer yo? O mejor dicho: ¿Qué quería hacer? ¿Meterme a investigar un caso que me venía tan ancho como el chándal de un pivot de baloncesto? ¿Buscarme disgustos para defender al que, a fin de cuentas, me había birlado a la novia? Ni hablar. Ya se las compondrían. Además, si la poli le había detenido y le iban a poner a disposición judicial, alguna prueba debería de haber en su contra, aparte de lo de la discusión.

Llegué al barrio a media tarde, a esa hora en que la luz del sol es amarilla y las sombras se vuelven largas y estrechas. Estaba firmemente decidido a hacer los esfuerzos que fueran necesarios para borrar el asunto de mi mente de una vez por todas y, por extensión, a Carmen Ruano y a su maromo encarcelado. Borrón y cuenta nueva. Si era preciso, me procuraría otra novia. Hasta me estaba planteando pedirle a María Gual si quería salir conmigo, así de temeraria era mi resolución. Pero, apenas surgí de la boca del metro, supe que las cosas no iban a ser tan fáciles.

La situación había empeorado. Hasta el aire en la calle parecía más denso y sofocante. Se oían sirenas de coches de policía, los corros de gente eran ahora más numerosos y la gente hablaba en un tono aún más exaltado. Entre eso y los montones de basura que, consecuencia de la huelga de basureros, jalonaban las calles, el panorama resultaba descorazonador. Me acerqué a uno de los grupos y lo que oí me provocó una oleada de frío y calor, como si la sangre en las venas se me solidificara y se me licuara de nuevo en cuestión de segundos.

—¡Han levantado barricadas, fíjate!

—¡Y estaban armados!

—¡Para que luego digan que son inocentes!

Se referían a los gitanos.

—¡Si no llega a ser por la policía y los bomberos, ahora ya no habría Casas Buenas, ni gitanos, ni nada!

—Es vergonzoso. La policía los conoce perfectamente y no hace nada para evitar que vendan droga, ni que roben, ni que maten. Pero cuando se trata de protegerlos...

—Y, encima, dicen que quieren prohibir la manifestación de esta tarde.

—¡Si hasta han detenido a dos de los chicos!

—Porque se han pasado. Las cosas como son. No hay que hacer las cosas así, tan a lo bestia...

Los «chicos», averigüé en seguida, eran una pandilla de *skinheads* borrachos que se habían congregado frente al bar de los Lolailos. Habían mediado gritos entre ellos y la clientela gitana del interior, y de los insultos habían pasado a las bofetadas. En seguida había intervenido un grupo de payos con ganas de bronca, y el incidente había terminado en una terrible refriega entre gitanos, payos y policía, con el saldo de varios contusionados y media docena de detenidos. En medio del alboroto, los *skins* habían lanzado cócteles molotov contra las Casas Buenas, y los gitanos habían levantado una barricada.

Me fui a casa estremecido por el cariz que tomaban los acontecimientos e indignado porque algo se rebelaba dentro de mí, negándose a admitir aquel estado de cosas. Y una idea que ya empezaba a ser vieja me asaltó de nuevo a traición: «Si pudieras demostrar la inocencia de Reyes, los que gritan tendrían que callarse la boca».

Absurdo. No tenía por dónde empezar, no sabía nada, no podía hacer nada en absoluto.

Esperaba encontrarme con otro mitin vocinglero en el bar de mis padres, y por eso me sorprendió el silencio con que me recibió la clientela. Había una buena razón para ello: en la tele estaban hablando del barrio. Vi las últimas imágenes de un avance informativo sobre lo ocurrido. Las Casas Buenas después de la refriega: barricadas en el solar de las Barracas, llamaradas esporádicas aquí y allí, contenedores volcados y basura por doquier, gente gritando desaforada consignas insultantes. A continuación, el busto del locutor.

—... Como ya hemos informado, los desórdenes empezaron tras el asesinato de Sebastián Herrera, un vecino del barrio... —Y entonces, la imagen cambió de nuevo y apareció una foto carné del muerto. Un tipo en la cincuentena, con pinta de estar aburrido de la vida—: El cuerpo de Herrera fue encontrado anoche en...

Ya no oí nada más. Miraba fijamente aquella foto, con la cara de incredulidad que se le debe de poner a un jugador de lotería cuando ve su número premiado en la pantalla. Yo había visto antes a aquel individuo.

—Ah, hola, Juanito —dijo mi madre, procedente de la cocina, en tono afectuoso. Y, automáticamente, empezando a preocuparse por mí (que es lo que mejor sabe hacer)—: ¿Dónde has estado? ¿Qué te pasa? ¿Te encuentras mal?

—Le conozco —dije, como hipnotizado.

—¿A quién?

—A ese, al muerto.

—¿Le conocías? —se alarmó mi madre, siempre dispuesta a alarmarse, con motivo o sin él—. ¿De qué?

—No lo sé. No puedo recordarlo.

—Le habrías visto por el barrio —se tranquilizó—. No vivía lejos. En los Bloques, creo. Anda, ve a lavarte las manos.

—En los Bloques... —repetí. Y, de pronto, ¡zas!, lo supe y creo que hasta enrojecí de la excitación—. ¡En los Bloques, claro!

Más que gritar, había dado un alarido. Todos los clientes del bar se volvieron hacia mí, sobresaltados. Mi padre reparó en mi presencia.

—¿Dónde te habías metido, Juan?

—¡En los Bloques! —repetí—. ¡Estaba estudiando en casa de un amigo, en los Bloques!

—¿Pero no lo habías aprobado todo?

—¡Caca de gato! —exclamé. La excitación me impedía expresarme con coherencia—. ¡Experimento! ¡Basura! ¡Me he dejado los apuntes en los Bloques! ¡Voy a por ellos!

—¡Juan! ¡Espera un momento! ¡Juan, vuelve aquí!

Yo ya estaba en la calle. Actuando así, no cabía duda de que me estaba buscando un disgusto familiar, pero no había podido evitarlo. En un instante habían hecho contacto tres cables en mi cerebro y el resultado había sido una descarga eléctrica superior a mi resistencia.

Primer cable: la foto de Sebastián Herrera. ¡Claro que le conocía! Era uno de los vecinos que habían bajado la basura mientras yo esperaba a que lo hiciera la señora Juana Romero: el tipo con aspecto de funcionario que llevaba su basura en una bolsa con el anagrama de un *sex-shop* y que hablaba solo. Y le habían matado a la mañana siguiente. Tal vez yo hubiera sido el último, o casi el último (exceptuando al asesino, claro) que le había visto vivo.

Segundo cable: la basura. *In basura veritas.* Mediante la inspección de las basuras, había averiguado muchas cosas (siempre más de las que esperaba) referentes a los clientes de Sibila. Y nadie había visto lo que había en esa bolsa. La policía debía de haber registrado su piso, pero si Sebastián Herrera había querido deshacerse de algo la noche anterior a su asesinato, ese algo estaría en aquella bolsa.

Y tercer cable: la huelga de basureros. ¡La basura que había bajado Herrera el miércoles debía de seguir allí, porque nadie la habría recogido!

Ahora ya tenía por dónde empezar. Ahora tenía la oportunidad de saber algo que nadie, ni siquiera la policía, podía conocer.

4

«In basura veritas»

El contenedor situado frente al edificio donde había vivido Sebastián Herrera parecía un animal patas arriba y despanzurrado, con sus asquerosas entrañas desparramadas sobre la acera. Algunas de las bolsas se habían reventado, y los gatos, las ratas, las moscas y los gusanos acechaban a la espera de que llegara la noche.

Yo no podía hacer como los gatos, ni como las ratas, las moscas o los gusanos. Estaba demasiado impaciente por encontrar algo o por no encontrar nada y, entonces sí, olvidarme definitivamente del asunto con la conciencia tranquila: «Lo has intentado, Flanagan. Ya no se puede decir que te hayas lavado las manos en este asunto. Más bien al contrario». Había gente en la calle y, por tanto, decidí actuar con naturalidad, como si revolver basuras fuera una distracción tan recomendable como cualquier otra para los ratos de ocio.

Me abrí paso hasta el contenedor apartando bolsas y me puse a hurgar en su contenido, en busca de la bolsa que tenía el anagrama de un *sex-shop*. Vistos de lejos, los contenedores no parecen demasiado grandes, pero cuando te asomas a ellos ya es otra cosa. Y meterse de cabeza en uno cuando está lleno de basuras de más de tres días, en pleno mes de junio, es una experiencia que no recomiendo a nadie. El hedor era insoportable, y pronto empezaron a entrarme náuseas. Pero, más que eso, me preocupaba que me viera alguien conocido. Pensé que la probabilidad era muy pequeña, porque estaba lejos de casa. Me encontraba abocado dentro del contenedor, con los pies despegados del suelo, a punto de precipitarme a su repugnante interior cuando sonó una voz femenina:

—¡Anguera! ¿Qué haces ahí?

Me volví y, *glup*, me encontré frente a la señorita Montserrat Tapia, la directora de instituto más guapa y más amable del mundo.

—Hola, señorita Tapia. Se estará usted preguntando qué hago aquí, metido en la basura. Es natural. Pues verá, es que una viejecita que vive por aquí cree que se le cayó un anillo en el contenedor al tirar la basura y, bueno, miraba a ver si lo encontraba.

—Muy generoso de tu parte. ¿Te ayudo?

—¡No, no! —dije, entre avergonzado por haberle mentido y alarmado por si insistía.

—Bueno, lávate las manos cuando termines.

—Sí, sí. Claro.

Continué la búsqueda con frenesí de urgencia desesperada. Bolsas y más bolsas, la mayoría negras y grises. Tardé cinco minutos en encontrar la bolsa blanca del señor Herrera, con el anagrama en rojo del *sex-shop*.

—*¡Flanagan!* —Aquella vez supe quién era antes de volverme, porque si hay una voz inconfundible en el barrio esa es la de María Gual. Allí estaba, radiante sobre su ciclomotor recién estrenado. La cabellera al viento y la sonrisa incombustible—: ¿Qué te pasa? ¿Es que quieres suicidarte por asfixia y no te llega para pagar la factura del gas?

—¡No! ¡Acabo de convertirme en mutante y me alimento de basuras! —le espeté, harto de que todos mis conocidos decidieran pasar por aquel punto concreto en aquel momento preciso. Y me sumergí de nuevo en el contenedor, en espera de que María Gual se esfumara.

Fue inútil. Cuando me pareció que ya no podría soportar la tortura ni un minuto más, levanté la vista y María Gual seguía allí, en su ciclomotor, sin quitarme el ojo de encima.

—Vaya, menos mal —exclamó—. Creí que te habías muerto.

—¿Se puede saber qué haces ahí plantada? ¿No tienes otra cosa que hacer que mirar a la gente que se mete en contenedores?

—No creo que tenga oportunidad de verlo nunca más en mi vida. ¿Qué estás buscando? ¿Qué investigas? Te recuerdo que soy tu socia al cincuenta por ciento.

—¡Y un cuerno! —le repliqué, tirando al fin de la bolsa de Sebastián Herrera y saliendo de entre la inmundicia. Eché a caminar, y ella, naturalmente, se mantuvo a mi lado, crispándome los nervios con el petardeo agudo de su máquina. Llevaba una especie de camiseta escotada y corta que le dejaba el ombligo a la vista y una minifalda no mucho más ancha que una cinta del pelo. Daba gusto mirarla, tan fresquita, pero yo no estaba de humor para aquellas cosas. Rezongué—: ¡Hace meses que te has desentendido de mi trabajo! ¡Ni siquiera uso tu cobertizo como despacho!

—¡Eh! —exclamó, entusiasmada y dispersa—. ¡Llevas la bolsa de un *sex-shop*!

Experimenté una especie de cortocircuito en todo el cuerpo, pero conseguí disimularlo.

—¡No cambies de conversación! —dije—. ¡De un tiempo a esta parte, lo único que te preocupa es ligar...!

—¿Estás celoso? Caramba, un caso en el que interviene una bolsa de *sex-shop* debe de ser muy interesante...

—¡Pues no lo es! —grité.

Me detuve y le mostré el repelente contenido de la bolsa, acercándoselo mucho a la cara. Ella hizo «¡uuueecs!», y su artefacto trazó una ese. Mientras me odiaba un poco con la mirada, dio gas y se alejaron, ella y el petardeo, dejando en su lugar un alivio indescriptible.

Torcí por la primera esquina y fui a refugiarme a los Jardines.

El parque conocido con el nombre de «los Jardines» se halla en la parte trasera de los Bloques, y se prolonga hasta la cima de la montaña, donde se encuentra la Textil, la antigua fábrica donde había aparecido el cadáver de Herrera.

Allí, entre farolas rotas, esqueletos de bancos incendiados por gamberros y árboles y plantas raquíticos que parecían mantenerse en pie por una simple cuestión de amor propio, me aseé un poco y abrí la bolsa de Sebastián Herrera.

Envases de comida precocinada «tres minutos, en el microondas, y ya está». Cáscaras de huevos. Latas de cerveza. Un póster arrugado de «La Favorita del Mes» de la revista *Penthouse* (hermosa chica, por cierto, un poco desvergonzada, pero de aspecto saludable, simpático y extrovertido; demasiado mayor para mí, eso sí). Encontré también unos calzoncillos sucios, con la goma elástica dada de sí y un recibo de una lavandería. Cosas que me hablaban, en general, de un hombre que vivía solo. Pero, aparte de esto y de otros desechos sin valor, hice cuatro descubrimientos: dos contradictorios, uno revelador y otro intrigante.

Primer descubrimiento: una revista de formato pequeño. La *Guía del Comprador de Coches.* Estaba muy sobada y arrugada, como si Herrera la hubiera consultado a menudo antes de decidirse a desecharla en un ataque de furia o de frustración. Comprobé la fecha. Correspondía al mes en curso, lo que significaba que la había comprado, como máximo, hacía una semana. Hojeé las páginas donde se relacionaban, en orden alfabético, marcas, modelos, precios y características de los coches.

Había unos cuantos subrayados con rotulador rojo. Y los precios que estaban subrayados, curiosamente, correspondían a los BMW más caros, a los modelos de la gama más alta de los Volvo, a los Mercedes Benz..., ¡al Ferrari Testarossa! Y, como para certificar que aquellos no eran subrayados ociosos, Herrera había utilizado el mismo rotulador para hacer sumas en el margen de las páginas. No me costó mucho descifrarlas. Los importes mayores correspondían a precios con IVA de los modelos seleccionados, y los menores a extras: dirección asistida, tapizado de piel, salpicadero en maderas nobles... El hombre no reparaba en gastos.

Todo esto me llamó la atención, claro. Calcular precios de cochazos de cine es una ocupación bastante curiosa para alguien que, como Herrera, llevaba tres meses en el paro. Podía tratarse de fantasías de jugador de la lotería primitiva, por supuesto, pero en la basura no había boletos de lotería alguna y, además, aquel afán de calcular el precio final hasta el último céntimo me parecía más propio de alguien que no sueña en hacer el gasto, sino que se propone hacerlo.

En franca contradicción con este, estaba el segundo descubrimiento: un recibo de cajero automático, con fecha del pasado lunes, 5 de junio. La operación era de retirada de efectivo a crédito. Herrera había retirado ciento veinte euros, y, según el recibo, le quedaban doscientos setenta en la cuenta de la Visa. Si había sacado dinero a crédito, cabía suponer que no tenía nada, o muy poco, en su cuenta corriente.

El tercer descubrimiento era revelador: un programa, también roto, de un *music-hall* llamado *La Rive Gauche*. El espectáculo que presentaba el local se titulaba «Sueños Tórridos de un Verano Caluroso» y, mirando las fotos de las señoritas que actuaban en el espectáculo, se comprendía perfectamente el título. Parecían tan saludables, simpáticas y extrovertidas como la «Favorita del Mes» del *Penthouse* y, aunque no se mostraban tan desvergonzadas, porque llevaban un poco más de ropa encima, yo no juraría que estuvieran dispuestas a conservar su virtud durante mucho tiempo. De todas formas, continuaban siendo demasiado mayores para mí. Pero el dato más importante era una entrada rota del mismo local, con la fecha «Miércoles, 7 de junio, 20 horas». Habían matado a Herrera el jueves. Y el mismo miércoles, a las once, estaba de vuelta en su casa, porque yo le había visto bajar la basura. Eso significaba que había visitado el local entre las ocho y las diez.

El último descubrimiento era intrigante. Un artículo de periódico, amarillento, en su momento pulcramente recortado, después violentamente arrugado antes de acabar en la basura. El titular rezaba: «MUCHOS TERRENOS DE LA CIUDAD ESTÁN SOMETIDOS A LA LEY DE CENSOS». Según se podía ver en la esquina superior del recorte, el periódico databa del mes de abril del año anterior. Me llamó la atención que Herrera hubiera guardado aquel artículo durante un año antes de tirarlo. Lo leí con atención. Pertenecía al suplemento de economía y estaba dirigido a lectores avezados en temas económicos y legales, y, por tanto, no acabé de entenderlo del todo. Venía a decir que el censo es un derecho que conserva una persona sobre la propiedad que vende a otro, que es transmisible por herencia (libre de impuestos de transmisión) y puede estipularse por tiempo indefinido o no. Si el propietario actual de un terreno sometido a la ley de censo quisiera venderlo, debería informar de ello al propietario del censo, el cual podría recuperar la propiedad plena del terreno pagando lo mismo que el hipotético comprador. Etcétera. Ya he advertido que no era muy fácil de comprender. A pesar de lo cual (o precisamente por ello), me pareció interesante conservar el recorte conmigo, de forma que lo metí en la mochila, junto a los otros hallazgos.

Dejé el resto de la basura allí mismo (total, según estaban los Jardines, un poco más no importaba) y regresé a los Bloques elaborando teorías sobre la base de los datos de que ya disponía.

Sebastián Herrera estaba en la miseria. Pero parecía estar convencido de que pronto dejaría de estarlo. Probablemente, de un modo poco legal. Tan poco legal que le habían pegado cuatro tiros. Me permití fabular un poco:

Desesperado por su situación económica, Herrera se une a una banda de atracadores, con la intención de dar el golpe de su vida. Él y sus compinches se reúnen en *La Rive Gauche* (muy propio de atracadores, reunirse en un *music-hall,* rodeados de chicas en top-less). Pero en la reunión del miércoles discute con sus cómplices. Seguramente, por los favores de una de las chicas en top-less. En un arrebato de temeridad, Herrera le ha regalado una combinación de fantasía (comprada en un *sex-shop* cuya bolsa había utilizado para la basura) a la novia del jefe y este, furioso («¡cómo te atreves!»), le echa la banda. Cuando vuelve a casa, Herrera comprende que ya puede despedirse del fabuloso botín y, rabioso y frustrado, tira la revista de los coches y todo lo que le viene a la mano a la basura y por eso la bajó hablando solo, escupiéndole a la noche los insultos que no se había atrevido a escupirles a sus cómplices. Estos, mientras tanto y por su cuenta, temerosos de que los delate para vengarse, deciden cargárselo. Y el jueves van y se lo cargan.

Por ejemplo.

Claro que en toda esta teoría, tan peliculera y plausible como cualquier otra, había un dato que bailaba, a punto de caer al precipicio de lo inverosímil: a Herrera lo habían matado en la Textil. Los asesinos sabían que, tras su muerte, la policía registraría su piso. Si existía realmente un proyecto criminal en marcha, ¿cómo podían estar seguros de que Herrera no guardaba en su casa ningún papel o documento comprometedores?

«Solo hay una manera —decidí, una vez que me hube puesto en el lugar de los asesinos—. Matarlo primero y, antes de que se halle el cadáver, adelantarse a la policía en el registro al piso».

Mientras daba vueltas a esa idea, me quedé parado ante el edificio donde había vivido Herrera. Dejándome llevar por una inspiración repentina, llamé a todos los timbres del portero automático a la vez. Respondieron diversas voces en diversos tonos, dije «ábrete, sésamo» muy de prisa, de forma que no se comprendiera bien, y la puerta se abrió.

Tal vez alguna vecina hubiera visto a un desconocido entrando o saliendo del domicilio de Herrera. Subí al segundo piso elaborando un pequeño discurso.

Llamé al timbre del segundo segunda y me puse en situación, como un actor que se dispone a recitar un papel.

Abrió la puerta doña Juana Romero, con su inconfundible rostro cubierto de pinturas de guerra, el moño en alto apuntalado con laca y peineta y una bata de andar por casa con tantos volantes y lunares que la buena señora parecía a punto de arrancarse por sevillanas.

Me miró de arriba abajo como el lobo que calcula la ternura del cordero. Y a mí me sorprendió tanto encontrarme con ella que se me trabucó el rollo.

—¡Señora Romero! —exclamé sin poder evitarlo.

—¿Nos conocemos? —se extrañó, dándome a entender con un ademán que era una mujer muy seria y que no obtendría nada de ella sin encontrar una férrea resistencia.

—¡No! Es decir, bueno, sí. O sea... —¿Cómo empezaba el discurso? Ah, sí: «Que ayer mi padre me encargó». Dije—: Quería decirle que mi padre me envió...

—¿Tu padre?

Sonrió maravillada. Le hicieron chiribitas los ojos. Y yo comprendí perfectamente ambas reacciones y me corté. Los dos teníamos presente la visita que la mujer había hecho a Sibila. La vidente le había dicho que conocería a un caballero distinguido y muy tímido, por medio de un amigo o familiar de ese caballero. ¿Por qué no podría ser yo ese romántico mensajero? Mi intuición me decía que se avecinaba un lío gordo y que más valía que saliera de él antes de que fuera demasiado tarde.

—No, no, no —tartamudeé—. No, mi padre... Verá usted. Es que ayer yo tenía que traer un paquete al señor de ahí delante, pero me fui a jugar al fútbol y se lo di a un señor que pasaba, para que lo trajera él. Pero, como después mataron al señor de aquí delante, me pregunto si entregaría el paquete o si se quedó con él. —Si lo hubiera dicho más despacio y recreando los conceptos debidamente, mi exposición habría resultado convincente. Pero ya he dicho que estaba aturullado y nervioso, como si lo que se avecinaba fuera una catástrofe inevitable. Resumí—: O sea: ¿Vio usted ayer a un desconocido que entrara o saliera del piso de enfrente?

—¿Pero qué estás diciendo, muchacho? —preguntó ella, fingiendo un desconcierto mucho más teatral del que experimentaba realmente. Sonrió con todos sus labios, que eran enormes y pintadísimos, y todos sus dientes, que eran muchísimos, como si me hubiera pillado en una mentira pero me perdonara—. Anda, pasa, pasa.

Era el lobo abriendo la puerta de su guarida al indefenso cordero.

—No, no —se resistió el indefenso cordero—. Yo solo quiero saber...

—Ya sé lo que quieres saber. Ayer me anunciaron tu llegada, ¿sabes?

—¿Mi llegada?

—Dices que te envía tu padre, ¿verdad?

—Sí. No. Bueno, sí, pero...

—Para hablar conmigo, ¿verdad?

—Bueno, sí, pero...

—Y tu padre es un caballero distinguido, ¿no?

—Bueno, yo no diría exactamente...

—Y un poco tímido, ¿a que sí?

¿Por qué tenía que resistirme de aquel modo? Si permitía que creyera lo que quería creer, tenía muchas posibilidades de sonsacar a la mujer. Y me dije que siempre estaría a tiempo de corregir el equívoco.

—Pues sí —acepté. *Qué estás haciendo,* Flanagan, me aullaba la voz de la conciencia. *Qué diablos estás haciendo*—. Es muy tímido.

—¿Y viudo?

—Pues también —aseguré, muy apenado y poseído por el vértigo del jugador de póquer que apuesta toda su fortuna con un farol en las manos—. Es viudo.

—¿Y qué quiere de mí exactamente?

—Bueno. Hablar con usted. Si usted quiere.

Doña Juana no pudo contener su entusiasmo ante semejante revelación. La expresión «hablar con usted», tal como yo esperaba, actuó sobre ella como un abracadabra que abrió de par en par las compuertas de sus fantasías secretas.

—¡Claro que quiero hablar con él! ¡Pasa, pasa!

—No, no. Voy corriendo a darle la noticia. Se pondrá contentísimo.

—¡Voy contigo!

—¡No, no! Huy, se moriría del susto.

—Pues dime dónde vive, cómo se llama...

La miré intensamente, transmitiéndole telepáticamente el mensaje: «No pretenderá obtener toda la información a cambio de nada, ¿verdad?».

—Antes, dígame usted una cosa.

Y ella comprendió y respondió:

—¿Qué quieres que te diga? ¡Lo que quieras, lo que quieras!

—¿Vio entrar o salir ayer a alguien de casa del señor Herrera?

—Muchacho —dijo ella, untuosa, decidida a enseñarle a un muchacho inexperto la verdad de la vida—: Al señor Herrera lo encontraron muerto ayer por la tarde. La policía ha estado aquí esta mañana.

—Ya lo sé. —Me empeciné en mi excusa—: Por eso temo que el hombre al que le di un paquete para que se lo entregara al señor Herrera se haya quedado con él. —Al llegar a este punto, me pareció que enfadado podría obtener mejores resultados, de manera que fruncí el ceño y endurecí el tono de voz—. Y me parece que no le costaría mucho ayudarme, señora Romero. Solo le pregunto si vio a alguien entrando o saliendo de esa puerta de enfrente. Me parece que no es pedir demasiado, vamos, me parece a mí. Cuando le diga a mi padre que no quiere ayudarme ni siquiera en este detalle insignificante, me parece a mí que...

Doña Juana parpadeó benévola, como deben de hacerlo las futuras madrastras que quieren conquistar el cariño de sus futuros hijastros. Y se rio como las madres amantísimas hacen para celebrar los disparates que sus hijos cometen por pura inexperiencia.

—Pero, chico, ¿tú te crees que soy de esas mujeres que se pasan el día espiando lo que hace el vecino?

Pensé: «¿Usted? ¿Viviendo puerta con puerta de un hombre soltero? ¡Estoy convencido de ello!». Pero no lo dije, claro. Solo sonreí en plan niño bueno. Y ella dirigió la mirada al techo y borró la sonrisa forzada de sus labios y confesó al fin:

—Pues sí. Vi a un señor. Casualmente. Yo volvía del mercado. No: iba al mercado. El caso es que lo vi. Pero no era...

—¿Cómo era?

—Pues un hombre joven, más joven que el señor Herrera, de unos cuarenta y pico. Bien plantado, con mucho pelo, con un tupé como una visera. Pero no era...

—¿Cómo vestía?

—Chaqueta y pantalón vaquero. Pero no era un mensajero ni traía ningún paquete porque tenía llave de la casa. Lo vi salir y cerró con llave. —Ahora hablaba como una maestra que tuviera que explicar la teoría de la relatividad a una clase de párvulos. Como si fuera el cuento de Caperucita—. O sea, que digo yo que sería amigo o pariente del señor Herrera.

«O el asesino, que le quitó las llaves a Herrera después de matarlo», pensé. Y dije:

—¿Y seguro que no traía ningún paquete?

—¿No te digo que no?

—Quiero decir: ¿No llevaba ningún paquete en las manos? ¿Una carpeta, papeles, una bolsa, un maletín...?

—Un maletín, sí. Un maletín llevaba, que tuvo que cambiárselo de mano cuando cerró con llave. Un maletín de esos duros, que dicen en los anuncios que no los aplasta ni un camión.

—Bien. ¿Y qué más?

—¿Qué más?

—¿Qué más vio?

Suspiró doña Juana, invirtiendo toda su paciencia en el futuro hijo conflictivo.

—Ay. Pues corrí a la ventana... No. Ahora que me acuerdo: como iba a comprar, salí a la calle al mismo tiempo que ese señor y casualmente lo vi montar en una moto. Y se fue.

—¿Una moto?

—Una moto grande y negra. Muy nueva. Muy brillante. Con uno de esos manillares altos... —Levantaba las manos a la altura del rostro, imitando la postura de un *Ángel del Infierno* sobre su *chopper*—. Montó en esa moto y se fue.

—¿Y cuándo fue eso?

—Ayer a mediodía.

Pensé: «Es posible que ayer a mediodía Sebastián Herrera ya estuviera muerto en la Textil».

—¿Le ha dicho todo esto a la policía? —pregunté.

—Para qué, si ya tienen al culpable, a ese gitano.

—¡Pero a lo mejor ese gitano es inocente! ¡Igual condenan a un inocente por algo que no ha hecho!

—Yo, desde luego, no pienso meterme en líos con la policía —se engalló doña Juana Romero—. Además, los inocentes no existen, hijo. Los mató Herodes.

Apreté los labios, dándole a entender que acababa de decir justo lo que no debía.

—Está bien —la castigué con sequedad—. Bueno, adiós.

—¡Pero espera, muchacho! ¡Dime quién es tu padre, dónde vives...!

Yo ya corría escaleras abajo.

—¡No! ¡Creo que no le gustaría!

No paré de correr hasta llegar a casa. Y, mientras corría, cavilaba, amargado, acerca de las cosas raras que tenía que hacer para ejercer mi oficio. Un detective de verdad habría interrogado a doña Juana subyugándola con una mirada fría como el acero o sobornándola con un billete de los grandes.

En casa me estaba esperando mi padre con una cara larguísima. Pensé que iba a exigirme explicaciones por mi escapada intempestiva del bar, pero era mucho más que eso. Me estaba esperando para condenarme a galeras incluso antes de tener un motivo para ello.

Se encontraba de muy mal humor. A última hora de la tarde había dejado encargados del bar a Pili y al señor Eliseo, que de vez en cuando nos echaba una mano, y había salido con mi madre para ver lo que estaba ocurriendo en el barrio. Esa era una forma de decir que habían asistido a la manifestación contra la droga, pero temía que Pili y yo se lo recrimináramos si lo reconocían abiertamente. Porque sabía que tarde o temprano averiguaríamos que la manifestación iba encabezada por los más conocidos traficantes de droga, payos, del barrio. En su versión de los hechos, mis padres se habían visto envueltos en la manifestación de una forma fortuita. Y, de pronto, la comitiva se había dirigido hacia las Casas Buenas y había arremetido contra la barricada de los gitanos. Entonces había estallado una terrible pelea y, en medio del tumulto, mi padre y mi madre se habían perdido mutuamente de vista. Se asustaron mucho. Se habían estado buscando durante cerca de una hora por el campo de batalla donde gitanos y payos se zurraban de lo lindo, y a mi padre casi le habían dado con un cóctel molotov en la cabeza. Entretanto, el bar se había visto asaltado por una turba sedienta que exigía bebidas alcohólicas a más velocidad de la que Pili y el señor Eliseo daban de sí, y con unos modos que iban más allá de lo soportable. Todo muy desagradable. Más que desagradable: enloquecedor.

Muy nervioso después de la experiencia, mi padre había decretado que, a partir de entonces y hasta nueva orden, el bar lo atenderían entre él y el señor Eliseo y estableció que ni mi madre ni Pili ni yo debíamos quedarnos por allí mientras durasen los incidentes. Eso era lo que me estaba diciendo («... porque puede meterse aquí gente poco recomendable...») mientras yo imaginaba que doña Juana Romero entraba en el bar y se lanzaba a sus brazos, o que le guiñaba un ojo con una sonrisa cómplice, «no debes asustarte de mí, mi pichoncito tímido», e imaginaba la cara que se le ponía a mi padre...

—¡¡Juan, te estoy hablando muy en serio y tú te estás riendo!!

—No, no, papá... Es que pensaba en otra cosa.

—¡¡Te estoy hablando en serio y tú no me escuchas!!

¿A que no adivináis quién fregó todos los platos del bar esa noche?

Premio. Un servidor, Johnny Flanagan, detective duro donde los haya. Sherlock Holmes meditaba tocando el violín, Pepe Carvalho quemando libros, Philip Marlowe trasegando vasos de *gimlet* y Johnny Flanagan fregando platos con un precioso delantal rosa que le obligó a ponerse su mamá para que no se ensuciara la camisa. «Que últimamente ensucias la ropa que ya, ya. Que además la traes que apesta».

Aproveché un momento de respiro entre plato y plato para telefonear a María Gual. Me acoracé de paciencia para encajar sus rasgos de ingenio.

—María. Soy Flanagan.

—¡Oh, el Gran Jefe Basurero se acuerda de mí! ¡Recuerda que existo! ¡Qué gran honor! ¿Ya te has lavado las manos, so guarro?

Mi coraza de paciencia nunca sería lo bastante resistente.

—Llamo para pedirte un favor.

—Ya me imagino lo que es. Pero estas cosas no se piden por teléfono, Flanagan —me riñó—. Se piden a la cara, rodilla en tierra y ramo de flores en las manos.

Colgué el auricular. Cerré los ojos y conté hasta diez. Sonó el teléfono. Lo descolgué.

—Bueno, di, qué quieres —dijo María Gual—. Últimamente estás de un antipático, tío... ¿Qué querías?

—Quería saber si por el barrio alguien ha visto o conoce a un tipo con una moto. Como ahora eres tan aficionada a las motos y tienes tantos novios motoristas y, además, quieres volver a ser mi socia al cincuenta por ciento, he pensado que podrías hacer méritos y soltar unas cuantas preguntas aquí y allí.

—¿Un tío con una moto?

—No un tío cualquiera. Toma nota. ¿Preparada?

—Preparada.

—Tupé de roquero y conjunto vaquero. Y moto *chopper.* A ver qué te dicen.

—Todos me dicen que me aman, Flanagan. Solo tú te resistes a decírmelo. Y sabes que yo solo te amo a ti.

—Vale, titi —rezongué.

5

Riesgo de tormentas

Lo primero que hice al levantarme, al día siguiente, fue redactar el informe «Cano Arrieta». Quería hacerlo corto y conciso, como de costumbre, pero me fui embalando y llegué a las cinco páginas. Sin embargo, no me llevó demasiado tiempo, ni me resultó nada difícil. Utilicé la ayuda de un libro de historia contemporánea, grandes dosis de imaginación y lo que podríamos llamar mi espíritu de contradicción. Allí donde debería haber escrito «pusilánime» o «cobarde», escribí «decidido» y «valiente»; donde tendría que haber consignado que vivía con sus padres, detallé un piso de soltero de donde entraban y salían constantemente rubias esculturales y, en lugar de un trabajo anodino ante el teletipo, hablé de la precoz iniciación del héroe en un conflicto armado de Centroamérica; de la ocasión en que dirigió un convoy con ayuda humanitaria para Sri Lanka bajo el fuego graneado de los guerrilleros tamiles; de las dos ocasiones en que había estado a punto de ganar el rali París-Dakar; del día en que, en Australia, había luchado contra un tiburón, armado únicamente con una navaja suiza multiuso. Había cruzado el Atlántico navegando en un patín de playa solo por ganar una apuesta; en Oriente Medio no se perdió ni una guerra; transportó nitroglicerina en Nicaragua como Yves Montand en *El salario del miedo;* saltó por las cataratas del Niágara como Sherlock Holmes; penetró en misteriosos templos incas como Indiana Jones, y permaneció colgado de las cornisas de Manhattan durante horas como Harold Lloyd. Me quedé bien descansado. Y me reía, imaginando la cara de indignación de Adrián Cano cuando Sibila pretendiera cobrarle sus abultados honorarios por semejante sarta de majaderías. En lugar del «¿cómo lo sabe?» de doña Juana Romero, Adrián Cano exclamaría: «¿Pero qué tonterías está diciendo?». El descrédito definitivo de la vidente. Y, además, el cliente en cuestión era periodista. Tal vez publicaría su experiencia en el periódico. Tal vez Sibila no podría volver a ejercer nunca más. Tal vez mi venganza fuera excesiva.

Después salí a la calle y me dirigí a las Casas Buenas, para entregarle mi obra maestra a Sibila.

Las cosas no habían mejorado en el barrio. En el bar continuaban oyéndose comentarios inflamados acerca de la manifestación y los incidentes. Aquí y allá, en las esquinas, se veían furgones rodeados de policías acorazados como guerreros de película de ciencia ficción.

Con la sensación de que se me iba arrugando la piel como si fuera una pasa, crucé valientemente los jardines de la Punta y me encaminé, muy decidido, a través del solar de las Barracas, en dirección a las Casas Buenas. Avancé por la tierra de nadie asolada por el combate, entre cascotes y toneladas de basura diseminada y quemada, entre piedras y adoquines sueltos, y pedazos de muebles y objetos personales abandonados en la precipitada huida y pisoteados por perseguidos y perseguidores. Me dirigía hacia los restos de barricada que me cerraban el paso para llegar al edificio donde vivía Sibila. Había grandes manchas negras en las paredes donde habían hecho impacto los cócteles molotov, había cristales rotos y persianas echadas, cegando las ventanas que aún quedaban sanas. Ni una sola prenda de ropa tendida al sol. Junto a la barricada y en los portales, grupos de gente pobremente vestida se apiñaban a la espera de algo que los aterrorizaba. Algunos se veían abatidos y con cara de sueño, de no haber dormido en toda la noche. Pero vibraba en el aire un firme espíritu de resistencia. Barras de hierro, trozos de cañería en las manos: montones de piedras y ladrillos en el suelo. Apenas si se veían niños. Tuve la impresión de haber entrado en una ciudad bombardeada y asediada, a punto de ceder a un definitivo asalto de las fuerzas enemigas.

Dos gitanos jóvenes se adelantaron para recibirme. Sus expresiones crispadas, y el vendaje ensangrentado que casi ocultaba la cara de uno de ellos, y la barra de hierro que llevaba el otro en las manos tuvieron la virtud de subirme el corazón hasta la garganta, donde se puso a latir violentamente, dificultándome el habla y la respiración.

Se plantaron ante mí y tuve que detenerme. Habló el del vendaje, que parecía el más malhumorado de los dos:

—A ver, payo —escupió con toda la hostilidad del mundo—. A ver qué se te ha perdido por aquí.

—Eh, bueno —dije—. O sea, que venía para, o sea...

Era incapaz de razonar. Me aturdía la contemplación de aquel vendaje sucio y sangriento, me hipnotizaba la cañería de plomo, me paralizaba una mano que rebullía inquieta en un bolsillo, supuse que acariciando las cachas de una navaja. Durante un momento el pánico me hizo perder el contacto con la realidad, y apenas si oí las insistencias de los gitanos. «Vamos, chaval, si tienes algo que decir, dilo rápido».

«Ahora me matan de una paliza», pensaba.

Y de pronto, para confirmar la teoría que dice que la buena y la mala suerte vienen cuando ya has renunciado a esperarlas, Carmen Ruano surgió de entre un grupo que se hallaba en segundo término.

—¡Dejadle! ¡Rafa, Manuel, dejadle!

La mano salió del bolsillo, el brazo que sostenía la cañería relajó sus músculos.

—¿Es amigo tuyo? —le preguntó a Carmen el del vendaje.

Carmen me miró. Y yo a ella. Tal vez debería haberme sentido aliviado, como corresponde al boxeador salvado por la campana, pero unas emociones dejaron paso a otras, y se me reblandecieron los huesos de las piernas al verla tan seria, tan guapa, tan... tan mayor. No había reparado en ello el día anterior, pero ahora, de cerca, le descubría una belleza casi adulta, a pesar de que era la Carmen de siempre, con sus tejanos ajustados, su pelo negro despeinado y sus botas de caña alta. Tal vez parecía mayor porque la vida le había dado un golpe muy fuerte, de los que te tiran a la lona, y ella había tenido que aprender a encajarlo y levantarse de nuevo. Se había visto obligada a hacer el cursillo «Madure en Cinco Segundos», y lo había aprobado con nota.

«¿Es amigo tuyo?», había preguntado el vigilante. De pronto, esa me pareció la pregunta más importante del mundo.

—Yo respondo por él. Es legal —eludió la respuesta directa Carmen. Y a mí—: ¿Me buscabas, Juan?

Negué con la cabeza. Me molestaba decepcionarla.

—No. He venido a ver a Sibila.

—Ya. Te acompaño.

Los vigilantes se apartaron. Habían perdido todo su interés por mí. El aval de una de los suyos era suficiente para ellos. Echamos a andar hacia el edificio donde vivía Sibila.

Dimos unos pasos en silencio, como corresponde a dos personas que tienen demasiadas cosas que decirse, demasiadas explicaciones embarazosas que darse y, paso a paso, se van convenciendo de que nunca las dirán. Me sentía como un boxeador segundos después de recibir un derechazo contundente. Luchaba contra la tentación de abrazarla, de besarla, de hacerle promesas imposibles de cumplir. De decirle que salvaría a Reyes y de pedirle que olvidara a Reyes y volviera conmigo. Pregunté:

—¿Cómo está Reyes?

—Mal. ¿Cómo estarías tú, si te acusaran de un crimen que no has cometido?

—No fue él —dije yo en un tono que no era de pregunta ni de afirmación—: ¿Por qué le han detenido?

—Alguien lo preparó todo para que pareciera el culpable, Juan. Ni siquiera es verdad que hubiera discutido con ese Herrera, como dicen en el barrio. Era Herrera el que siempre se metía con él, el que le insultaba, porque era un borde y un amargado. Pero Reyes nunca se dejó provocar. Ya sabes cómo es. Tú lo conoces. La última vez fue en el bar del mercado. Yo estaba con Reyes. Y Herrera venga a meterse con él, y él le miraba y sonreía y eso aún le daba más rabia. Lo único que Reyes le dijo fue: «Ándate con cuidado, colega, que, como sigas en este plan, un día puedes tener un disgusto serio». Nada más.

Nos detuvimos frente a la entrada del edificio donde vivía Sibila.

—Pero ¿Reyes no tiene una coartada?

—Ahí está, Juan, ahí está. El día anterior al asesinato, le llamó alguien que dijo ser un representante artístico. Dijo que quería contratarle para actuar en la costa durante el verano y le citó en un despacho de Barcelona.

—¿Y?

—Reyes fue a la cita. El despacho estaba cerrado. Esperó una hora y, como no vino nadie, volvió al barrio. Luego, cuando la poli quiso comprobar su coartada, resulta que en aquella dirección no había ninguna agencia artística ni nada que se le pareciera. Solo un despacho cerrado, por alquilar. ¿Comprendes?

Asentí. Me estaba diciendo que alguien que tenía la intención de asesinar a Herrera eligió previamente a Reyes como cabeza de turco, aprovechando la enemistad declarada que existía entre los dos, y le preparó una trampa. Premeditación y alevosía. Pensé en el desconocido de la moto, el que había estado en su piso, y en mi teoría peliculera sobre el atraco y las chicas en top-less.

Carmen me observaba en silencio. Quería pedirme que investigara el caso, pero no se atrevía y esperaba que fuera yo quien diera el paso al frente. Me aclaré la garganta.

—No es necesario que investigues si no quieres, Flanagan —se adelantó ella a cualquier cosa que yo pudiera decir.

—¿Quién está investigando? —me oí contestar, muy chulo yo.

No sé por qué dije eso. Quizá hubiera resultado demasiado fácil hacerse el héroe, pensé mientras subía solo en el ascensor, tras despedirme de ella: «Adiós, Carmen», «Adiós, Juan». Declarar: «Yo salvaré a tu novio y te lo devolveré sano y salvo, Carmen». Demasiado patético, teniendo en cuenta las circunstancias.

Cinco minutos después, extraía de mi mochila la carpeta que contenía mi informe plagado de embustes y se lo entregaba a Sibila, la vidente. Todas mis expectativas zozobraron cuando vi que lo echaba sobre la mesa, con desgana, sin la menor intención de leerlo.

—Qué cosa tan horrible —comentó—. ¿No te parece?

Ya he contado y ha quedado claro que, desde mi separación de Carmen, yo andaba trastornado. Y mi reciente encuentro con la morenita no había hecho más que aumentar mi distancia de la realidad. Aunque resulte difícil de creer, de momento no comprendí que Sibila se estaba refiriendo a los disturbios del barrio. Pasaron unos segundos antes de que aceptara que la revancha que había preparado contra Sibila no tenía ningún futuro.

—... Tendrías que haber visto esa manifestación. Los que llevaban la pancarta eran los traficantes de heroína más conocidos del barrio. Y gritaban que había que acabar de una vez con los traficantes de droga. Decían: «Fuera droga, fuera gitanos». Qué locura, Dios, qué locura. Y pobre Reyes, Dios, pobre Reyes. Está perdido.

—¡No está perdido! —protesté—. Es inocente.

—Que sea inocente no significa que no esté perdido.

La vi tan deprimida y desesperanzada que me impuse la obligación de animarla. Al fin y al cabo, éramos amigos.

—He investigado —le dije. Me miró sorprendida. «¿Tú?»—. Soy detective privado. Investigo para ti, ¿no? Bueno, pues he investigado sobre el asunto de Reyes. Y sé que es inocente. He reconstruido todos los movimientos de la víctima, Sebastián Herrera, en su último día.

—¿En serio?

Sibila se acodó sobre sus rodillas, muy interesada. Me pareció que su desaliento se disipaba un poco.

—¡Claro! Mira: sé que ese Herrera tenía muy poco dinero, pero estaba esperando un importante ingreso. Planeaba comprarse un Volvo, o un Ferrari Testarossa. La tarde del miércoles fue a un *music-hall* llamado *La Rive Gauche...*

—*¿La Rive Gauche?*

—¿Lo conoces?

—He oído hablar de él. Me parece que últimamente está de moda. ¿Y qué más has averiguado?

—Tengo una descripción del auténtico asesino.

—¿De verdad? —saltaba alborozada Sibila.

—Tupé de roquero, conjunto tejano, moto *chopper.*

—Pero, pero... —Parecía maravillada, cuando en realidad estaba asustadísima—. ¿Y qué piensas hacer? ¿Irás a la policía?

—No puedo todavía. No tengo pruebas. No me harían caso.

Me sujetó de los hombros y me miró fijamente.

—No, Juan. No te metas en este asunto. Cuenta todo lo que sabes a la policía y ellos...

—Ellos no harán nada. Ya tienen un culpable. Alguien tiene que conseguir las pruebas, ¿no?

—Pero no tienes por qué ser tú.

Me gustaba verla tan preocupada por mí. Me compensaba de muchas cosas. Sonreí, sintiéndome héroe.

—¿Y quién, si no? —dije. Titubeó. Añadí, imitando el tono de los protagonistas de películas antiguas—: No te preocupes. Sé cuidarme.

Sonrió y me acarició y eso me reblandeció el ánimo. Y pensar que yo iba a tenderle aquella trampa innoble. Me levanté, recogí el informe de encima de la mesa.

—Bueno —dije. Quería decir: «Me voy».

—Espera. —Antes de que pudiera evitarlo, me arrebató el informe de las manos—. Que los negocios son los negocios, y veo que tú has hecho tu trabajo.

Echó una ojeada a la novela que me había inventado.

—Tal como están las cosas, no creo que venga ningún cliente durante un tiempo... Caramba —exclamó de repente, muy interesada por lo que leía—. ¿Qué clase de tipo es este?

—Bueno. Normal.

Continuó leyendo. Más que leyendo: devoró el contenido de mi informe. Soltaba comentarios como: «Pero bueno», «Hay que ver», «Pero qué me dices», «Este hombre es de película». Yo empecé a sentirme un poco incómodo. Como uno de esos científicos locos de película creadores de monstruos que luego acaban devorándolos.

—Bueno. No es para tanto.

—¿Que no es para tanto? Hizo que lo encerraran en una cárcel colombiana para hacerle una entrevista al rey de la cocaína y luego escapó a través de la selva... ¿y dices que no es para tanto?

—Sí, bueno, no se puede negar que ha tenido sus días inspirados... —Y añadí, esperanzado—: De todas formas, no lo vas a conocer.

Levantó ella la vista del escrito.

—¿Cómo que no? Tiene hora para mañana, a las seis.

—Pero el barrio está alborotado. Abajo no lo dejarán pasar. Tendrías que ver en qué plan están los chicos de abajo. Barras de hierro, navajas...

—¿Que no lo dejarán pasar? —se rio ella—. ¿Pero qué dices, Flanagan? ¿*Tú* crees que un tío acostumbrado a oír silbar las balas a su alrededor, uno que ha matado a un tiburón con un cortaplumas va a cortarse porque le salgan un par de tipos al paso? ¡Anda ya...!

Me encogí de hombros y di media vuelta para salir. Si Sibila me hubiera dejado marchar, seguramente no habría pasado nada. Disuadido por las noticias que difundía la televisión acerca de nuestro barrio, Adrián Cano se habría abstenido de acudir a la consulta de Sibila. O, en el caso improbable de que se hubiera animado, ya se encargarían los vigilantes de las barricadas de hacerle huir despavorido. Pero Sibila me llamó. Dijo: «¡Eh, espera!». Y yo me volví, y la vi meter la mano en su bolso multicolor, y sacar de él una billetera multicolor, y de la billetera dos billetes de diez. «Por este informe habíamos pactado veinte, ¿verdad?». Y eso me recordó la estafa de que me había hecho objeto desde que trabajábamos juntos, y me hirvió otra vez la sangre, y la bestia que hay en mí clamó venganza una vez más.

Por eso, cuando cruzaba los jardines de la Punta y vi a los dos individuos que me habían salido al paso, Rafa y Manuel, lo que son las cosas, no pude evitar que mis piernas me dirigieran hacia ellos.

—Eh —dije. Tuve que aclararme la garganta—. Eh. —Me echaron un vistazo de reojo. Desconfiados y amenazadores. Dije—: Oye, que mañana, a las seis, va a venir un amigo de Sibila, un payo, un tal Adrián Cano... Y dice Sibila que le dejéis pasar.

—¿Y por qué? —preguntó el que blandía la barra de hierro.

—Porque es un cliente de Sibila —balbucí.

—No está el asunto para clientes —me cortó el del vendaje.

—Es que... bueno... —Obligado a improvisar, recurrí a la solución más fácil—: Es que, en realidad, no es un cliente...

—¿No? —dijo el de la cara vendada.

—¿En qué quedamos? —dijo el de la barra.

—No... Es... ¡Es un periodista que está investigando para demostrar que Reyes Heredia no mató a ese Herrera!

—¿Ah?

—Una especie de detective privado. Muy famoso. Lo ha contratado Sibila y viene para hablar con ella y enterarse de las circunstancias del caso. Pero viene de incógnito, claro. El asesino puede ser del vecindario. Viene como si fuera un cliente. Por eso dice Sibila que le dejéis pasar.

Me alejé de ellos dejando tras de mí un ambiente más festivo que el que había encontrado. «¡Ya sabía yo que Reyes era inocente!», se reía uno. Yo tenía la sensación de que iba caminando por encima de una maroma, a diez metros de altura, y de que, si miraba a mis pies, vería una manada de tigres hambrientos esperando mi caída.

Al llegar a casa, localicé el número de teléfono de Adrián Cano en la guía y lo llamé:

—¿Señor Adrián Cano?

—Sí. Soy yo.

—Le llamo de parte de Sibila, la vidente.

—Ah.

—Es para recordarle que le espera mañana a las seis en su domicilio.

—Sí... —vacilaba la voz, timorata.

—Quiero decir que no se preocupe por las barricadas ni esas noticias que corren sobre el barrio. Todo el mundo está avisado. Le recibirán a usted y le protegerán debidamente para que no le suceda nada malo.

—Bueno, pero, de todas formas...

—Sibila le estará esperando.

—¿Ah, sí? Bien, pero es que...

—Dice que intuye que su futuro está lleno de buenos presagios.

—¿De veras? Bueno, pues entonces...

—Le esperamos a las seis. Acudirá, ¿verdad?

—Sí, sí, claro.

Mientras comía con la parte de mi familia que no se encontraba atendiendo el bar, repasé mi situación tratando de ser objetivo. Aparte del monstruo y de la monstruosidad (creados por mí), había una mujer en el barrio que buscaba a mi padre (supuestamente viudo) para hacerlo suyo (gracias a mí). Y Carmen Ruano esperaba que hiciera algo (no sé qué) para que ella recuperara a su novio y así pudiera olvidarse de mí para siempre. Fantástico.

—¿No tienes hambre, Juanito? —se preocupó mi madre.

—¡No me llames Juanito! —estallé, confirmando una vez más aquello de que a veces pagan justos por pecadores.

—¿Te parece que es manera de contestar a tu madre, *Juanito*? —intervino mi padre.

—No, papá. Perdón, mamá.

Este es Johnny Flanagan, detective privado. Espero que mis biógrafos no lleguen a enterarse nunca de estas pequeñas miserias.

Solo quedaba una perspectiva agradable en mi horizonte, y no es de extrañar que me concentrara en ella con la desesperación de un moribundo que distrae su agonía recordando las etapas felices de su vida. Esa perspectiva se llamaba *La Rive Gauche.* No sabía si allí iba o no iba a encontrar alguna pista sobre el asesinato de Herrera, pero tenía que ir porque, para qué negarlo, tenía muchas ganas de entrar y de ver por dentro aquel lugar, prohibido para todos aquellos a los que se puede llamar impunemente por su diminutivo.

Consulté la cartelera de espectáculos. *La Rive Gauche* ofrecía una sesión a las ocho de la tarde, que debía de estar dedicada a jubilados y a la gente que bajaba de pueblos en autocares, y otra a las doce. Herrera había ido a las ocho y yo haría lo mismo.

El problema iba a ser, precisamente, entrar. Pero lo tenía todo pensado. A las seis, llamé a Pili:

—Necesito que me ayudes.

—¿A qué?

—A parecer mayor.

Me puse el esmoquin que el invierno pasado me había regalado mi ex amiga Nines, la camisa con chorreras, la pajarita y los zapatos nuevos. Pili me peinó hacia atrás y me fijó el pelo con brillantina y remató su trabajo con un bigote postizo y unas gafas de sol.

—¿Se me ve mayor?

—Se te ve disfrazado de mayor —me desilusionó.

Me senté en la cama, fastidiado, me arranqué el bigote y lo tiré al suelo, junto a las gafas de sol.

—Además —dije—, no podría estar todo el rato con gafas de sol dentro de un local a oscuras.

Porque yo ya me había formado una idea de cómo sería *La Rive Gauche.* Penumbra, lámparas de pantalla roja, camareros serviciales y multitud de muchachas nudistas correteando por aquí y por allá. La verdad es que me había hecho demasiadas ilusiones para renunciar sin el menor pataleo.

Tenía que ir.

Me guardé en el bolsillo del esmoquin el recorte de periódico que hablaba de la muerte de Herrera y que traía una foto del pobre hombre, con cara de amargado, como si en el momento de ser fotografiado ya intuyera cuál iba a ser su fin. Salí a la calle y me dirigí, muy decidido...

—¡Vaya, muchacho, vas muy elegante! —dijo a mi lado una voz, que me pareció tan desagradable como el chirrido de la tiza sobre la pizarra.

Era doña Juana Romero, disfrazada y caracterizada como siempre, con todos los colores del arco iris, un perfume peligrosamente tóxico y una sonrisa capaz de romper una copa de cristal a una distancia de diez metros. Y me había visto salir del bar, sin duda. Me hubiera gustado ser de esas personas que se desmayan fácilmente. Caer redondo y no volver en mí hasta que el cataclismo hubiera finalizado. La mujer quiso acariciarme. En realidad me acarició, porque no tuve suficientes reflejos para esquivarla.

—Así que vives en ese bar... —canturreó.

Yo podría haberle dicho que no, pero ya he advertido que el Flanagan de aquella época no era el Flanagan de siempre.

—Por favor —exclamé, claramente superado por los acontecimientos—, no le diga nada a mi padre. Me ha reñido mucho cuando le he dicho que había ido a verla a usted...

—¡Es tan tímido...! —murmuró, extasiada.

—Espere a que él se dirija a usted. Que sea él quien dé el primer paso.

—Su confusión es señal inequívoca de que me ama.

Nunca creí que unas simples palabras pudieran congelar la sangre en las venas, pero comprobé que aquellas sí tenían ese extraño poder.

—No le diga nada, ¿eh? —repliqué, temblando—. No le diga nada.

Salí corriendo, decidido a olvidar a doña Juana Romero y a continuar con mis planes como si el destino no me asediara constantemente. De manera que me dirigí a la papelería donde vendían un poco de todo, incluidos artículos variados para la próxima verbena de San Juan, y me gasté un pastón en petardos de los más gordos.

Me introduje en el metro, decidido a entrar en *La Rive Gauche* aunque tuviera que volar una de sus puertas de acceso.

6

El sobrino de Mandrake

La *Rive Gauche* se hallaba en la parte alta de la ciudad, cerca de la carretera de Esplugues, en esa zona de parques, descampados y casas protegidas por muros altísimos que se encuentra entre los últimos bloques de pisos lujosos de Pedralbes, con arboleda y piscina en el ático, y las opulentas mansiones con tapia, jardín, garajes y servidumbre. Para llegar allí, me vi obligado a tomar un par de autobuses y aún tuve que caminar casi un cuarto de hora. Llegué con los zapatos deslucidos por el polvo. Aquel era un lugar pensado para quienes tenían coche propio, evidentemente.

Era un edificio grande, de dos plantas, construido según el modelo de una caja de zapatos, entre las tapias de un colegio de monjas y las alambradas de un selecto club de tenis, con un amplio solar delante y otro igualmente amplio detrás. El de atrás era utilizado como aparcamiento. Imaginé que el lujo lo habían reservado para el interior. El único signo exterior de suntuosidad eran la puerta principal, que con sus relieves y marcos dorados y filigranas barrocas parecía extraída de una falla valenciana, la marquesina de seda reluciente, un poco polvorienta, y el gran letrero de neón que informaba del nombre del local. Esa puerta principal estaba cerrada. El espectáculo empezaba a las ocho y apenas si habían dado las siete.

Rodeé el edificio por el estrecho callejón que quedaba entre una de sus paredes y las alambradas del club de tenis y desemboqué en el aparcamiento trasero, donde solo había tres coches. De uno de ellos se apeaba un hombre vestido de esmoquin, con el pelo muy largo y unido atrás en una coleta. Se dirigió al otro lado del edificio, donde estaba el amplio paso asfaltado por donde accedían los coches al aparcamiento. Lo seguí sin hacerme notar. Yo iba buscando otros accesos que no fueran la puerta principal, como mínimo las salidas de emergencia que exige la ley. Y encontré más que eso: en aquel lateral, frente a la tapia del colegio de monjas, había un portón enorme y, pegado a él, un camión de transportes del que estaban descargando largos postes decorados con bolas, banderolas y cenefas de colores brillantes. Un individuo de aspecto tosco y desaliñado se hurgaba los dientes con un palillo y miraba cómo trabajaban los otros, de manera que supuse que sería el vigilante de aquel acceso. El hombre de la coleta entró por el portón dedicándole al hombre tosco un «buenas tardes» lleno de indiferencia. El hombre tosco no le respondió nada o, de lo contrario, no me habría parecido tan tosco.

Me alejé del local, regresé a la carretera y retrocedí hasta una gasolinera que había visto por el camino, ya en zona urbanizada. Cerca de ella había un contenedor de basuras y, a pesar de que mi esmoquin no había sido diseñado para esos menesteres, rebusqué un poco en su interior, como ya empezaba a ser costumbre en mí. Entre todo lo que el contenedor me ofrecía, seleccioné una lata de aceite de motor vacía.

Cuando regresé a *La Rive Gauche,* la puerta fallera ya estaba abierta y, junto a ella, habían colocado a dos fornidos porteros con esmoquin y pajarita como yo y el doble de altura y volumen que yo, y unos carteles de dudoso gusto con fotos muy prometedoras del espectáculo que se ofrecía en aquella casa. Volví a pasar junto a la alambrada del club de tenis para que no me viera el guardián grosero y zafio y llegué al aparcamiento, donde había ya diez o doce coches más y un autocar que descargaba a un alegre grupo de risueños y endomingados campesinos. Esperé a que todos hubieran desaparecido, tragados por la casa de las maravillas, y a continuación, emboscado tras el autocar, hice un fajo con tres de los petardos más gordos que había comprado, trencé sus mechas, las alargué y los metí en la lata de aceite de motor. Desmenucé, acto seguido, media docena de petardos más y, con su pólvora, hice un largo reguero que terminaba donde empezaban las mechas. Encajé la lata entre dos piedras, fuera del campo visual del vigilante burdo y ramplón, y tomé aire. Ahora venía la parte más delicada. Coloqué la caja de cerillas sobre el extremo del reguero, prendí una cerilla y la encajé en el cajoncillo, sobre las cabezas de sus compañeras.

Corrí hasta la pared trasera del edificio. Compuse el gesto, doblé la esquina y caminé con aires de indiferencia en dirección al guardián del portón. Allí estaba, desmenuzando sus caries con la ayuda del mondadientes. El camión de transportes ya se había ido, el portón estaba cerrado y solo quedaba en él la abertura de un ínfimo portillo.

Imaginé que el fuego de la primera cerilla ya había prendido en todas las demás. La caja se habría encendido con un característico chisporroteo. Al pasar junto al vigilante, le dije, como por casualidad:

—Oiga, ahí en el aparcamiento hay una pandilla de gamberros que no sé qué está preparando.

El vigilante miró en aquella dirección y yo continué caminando, como si aquello no fuera asunto mío.

Si todo había funcionado como yo esperaba, la caja de cerillas habría prendido ya en el reguero de pólvora. Y la llama histérica de la pólvora estaría corriendo ya hacia las mechas de los petardos encerrados en la lata de aceite.

¡¡BLAMMMM!!

Sonó tan fuerte que me pareció que una onda expansiva me propinaba una palmada en la espalda. Me parece que hasta grité y todo, y me demoré unos segundos en reaccionar. Tras de mí, el vigilante pronunció una blasfemia pavorosa y, cuando me volví hacia él, le vi correr hacia la esquina.

Me había salido con la mía. Casi no podía creerlo. Crucé la puerta y penetré en un mundo desconocido para mí, con la emoción y la aprensión del aventurero que se interna en una selva inexplorada. Subí una decena de escalones y me encontré en la parte trasera del escenario, donde los carpinteros martilleaban en el suelo para fijar forillos mientras gente disfrazada corría de un lado para otro y los que mandaban impartían órdenes que nadie parecía interesado en obedecer. Emboscado entre bastidores, pude ver a una vedette asombrosamente gorda, y que reclamaba a gritos la presencia de la responsable de vestuario. Dos chicas con el cuerpo cubierto únicamente por un tanga y una mano de purpurina plateada pasaron a mi lado conversando animadamente. Un bailarín vestido de arlequín ensayaba unos pasos de danza en un rincón. En una cabina parecida a la pecera de una emisora de radio, un técnico accionaba mandos y hacía comprobaciones de sonido. Al fondo, unas escaleras muy empinadas conducían a un largo balcón corrido, casi a la altura de las bambalinas, donde daban las puertas de seis o siete camerinos. Allí distinguí un febril trajín, artistas que llegaban, saludos, puertas que se abrían y se cerraban.

De pronto, me encontré ante un hombre de pelo teñido de rojo y camisa floreada. Se me vino encima como si me esperase desde hacía rato.

—¿Tú eres el sobrino de Mandrake? —preguntó. Sin esperar respuesta, continuó hablando mientras me quitaba motas de polvo que, al parecer, yo llevaba en la solapa del esmoquin—. ¿No eres muy joven? Bueno, no importa. La sala está a oscuras y no se notará. Ya sabes que tú solo tienes que estar entre el público y, cuando tu tío pida un voluntario, tú sales espontáneamente. Como si no lo conocieras de nada. Bueno, me imagino que ya lo tenéis más que ensayado. ¿Vale? Pues anda, que el regidor te está esperando.

Me empujó hacia el interior. Con andar vacilante, me encontré pisando las tablas del escenario. A mi derecha, una muchacha ayudaba a otra a ponerse un espectacular sombrero de plumas. A mi izquierda, tres muchachas conversaban acaloradamente y se enseñaban no sé qué señales que tenían en las piernas y en otras partes de su cuerpo. Yo iba preparado para ver a unas cuantas chicas tan ligeritas de ropa como las del prospecto hallado entre la basura de Sebastián Herrera, pero no podía sospechar que, entre bastidores, aquellas profesionales del espectáculo llevaran menos ropa todavía. Podría decir que anduve por allí mirando a mi alrededor con la indiferencia y el aplomo del supervisor que está convencido de que cada cosa está en su sitio, pero eso daría una imagen distorsionada de la realidad. La verdad es que dentro de mi cuerpo había empezado a hervir una caldera que en seguida se puso al rojo vivo, y el sudor manaba a chorros de mi frente, y se me subieron los colores a la cara, y el corazón bombeó la sangre con tanta energía que cada latido me repercutía en las yemas de los dedos, y mis neuronas se comportaban como hormiguitas en cuyo hogar alguien hubiera estado hurgando con un palo, y los ojos me hacían chiribitas, y me salía humo por las orejas, y oleadas de escalofríos me subían y bajaban constantemente por mi espalda. Resultaba curioso que, al verme, nadie se precipitara al teléfono más próximo para avisar a una ambulancia.

Tropecé violentamente con un hombre de bigotes enormes y chaleco rosa que, de pronto, me agarró de la ropa y me zarandeó. Eso me sacó de mi éxtasis, pero todavía tardé unos segundos en ser capaz de articular palabra.

—¿Tú eres el sobrino de Mandrake? ¡Pero si eres un crío! ¿Qué edad tienes?

—Dieciocho —mentí.

—¡Y un cuerno, dieciocho! ¡A ver, ¿dónde está Mandrake?! —El hombre de bigotes enormes y chaleco rosa me abandonó a mi suerte e hizo mutis por el foro, gritando y protestando. «¡Pero, coño, Mandrake...!».

Busqué refugio detrás de un aparato que ocupaba gran parte del decorado, algo parecido a una nave espacial amarilla, con muchas bombillitas y cintas como las que decoran los coches de una boda, provisto, en su parte inferior, de un poderoso mecanismo hidráulico, un brazo articulado de grúa que debía de proporcionar sorprendentes efectos especiales. Vista de cerca y a telón echado, no parecía que aquella tramoya pudiera nunca dar el pego. Todo se veía provisional, deslucido y falso. Papel de plata pegado de cualquier manera, estacas sujetas con cordeles y cinta adhesiva.

—¿Qué edad tiene tu sobrino, Mandrake? —preguntaba el bigotudo, en alguna parte donde yo no podía verlo.

—¡Veinte!

—¡Tú dices veinte, él dice dieciocho y no tiene ni quince! ¡Ni siquiera tiene edad para entrar en *La Rive Gauche* pagando entrada!

En ese lugar donde no podíamos vernos mutuamente, el tal Madrake intentó protestar, pero el hombre de los bigotes y el chaleco no tenía la menor intención de escucharlo. Muy al contrario, superpuso su voz a la del otro vociferando:

—¡Lorenzo! ¿Dónde demonios estás, Lorenzo?

Yo me encontraba al pie de las escaleras empinadas que conducían a la balconada de los camerinos. Había observado que la mayoría de las puertas estaban abiertas y tenía ganas de echar una ojeada al interior. Precisamente en aquel instante bajaba de allí una señorita con un asombroso e interesantísimo bikini de lentejuelas charlando alegremente con un tipo feísimo disfrazado de bombero. Era evidente que aquella mujer no daba a su anatomía ni la mitad de trascendencia que le daba yo. Por lo visto, estaba tan acostumbrada a vivir en aquel cuerpo (seguramente lo tenía desde su infancia, como yo el mío) que no era consciente de los estragos que causaba a su alrededor. Y yo con los ojos salidos como huevos duros, la mandíbula desencajada, la lengua fuera, resbalando con mi propia saliva, pisé en falso el primer escalón y casi me parto los dientes.

En aquellos momentos, el tal Lorenzo respondía a las voces del hombre de los bigotes y el chaleco rosa desde lo alto del balcón corrido:

—¡Estoy aquí! —respondió, con una voz aflautada que delataba su vocación femenina.

—¡Lorenzo! —gritaba el bigotes desde abajo—. ¿Has visto al sobrino de Mandrake? ¡Mira a ver qué se puede hacer con él! Desde luego, ni hablar de sacarlo entre el público. Que salga con Mandrake, como ayudante.

Mandrake protestaba que eso le quitaba toda la gracia a su número. El hombre de los bigotes le decía que, si ponía entre el público de la sala a su sobrino, los metían a todos en chirona por corrupción de menores. Mandrake aseguraba que su sobrino era un hombre hecho y derecho, un hombre de pelo en pecho.

Yo había llegado a lo alto de la escalera y me aproximaba a la puerta del primer camerino cuando de él salió, por sorpresa, una chica rubia, guapa como un espejismo de esos que dicen que tienen los que se pierden en el desierto. Casi tropezamos. De cintura para arriba, su atuendo consistía en dos estrellitas del tamaño de una moneda, estratégicamente situadas. Yo no sabía dónde colocar la vista ni las manos. Era consciente de que debía de ofrecer un lamentable aspecto de psicópata. Tenía la boca seca.

—Perdón... —gemí.

—Hola. Qué hay —dijo ella, cantarina—. Me llamo Elena. —Me dedicó una sonrisa que se me clavó entre ceja y ceja y estalló dentro de mi cerebro como un castillo de fuegos artificiales—. ¿Te parece que voy bien? —preguntó, con una ingenuidad que terminó de volverme loco.

Yo traté de recordar cómo se hacía para contestar a las preguntas pero, antes de que lo consiguiera, apareció de la nada un energúmeno con traje negro de alpaca, perfume penetrante y pésimos modales, que agarró a la chica del brazo y la arrastró hacia el fondo de la galería.

—¡Me parece que estás idiota perdida! —le dijo, aunque yo estaba seguro de que la pregunta iba dirigida a mí.

—Ay, que me haces daño —se quejó Elena, mi bella Elena.

—¡Ven conmigo!

Estuvieron a punto de chocar contra un hombre muy delgado y muy afeminado, con el cráneo afeitado, que se dirigió a mí:

—¿Tú eres el sobrino de Mandrake?

Por la voz aflautada, comprendí que era Lorenzo, el encargado de «ver qué se podía hacer conmigo».

—Sí —respondí, más pendiente de lo que le sucedía a la bella Elena que de él.

Me observó unos momentos, me sujetó la barbilla entre dos dedos, murmuró: «Lástima de acné, lástima de acné, que es que no os cuidáis, hombre, que no os cuidáis», y se fue escaleras abajo, pegando gritos:

—¡Perfecto, tú, perfecto! ¡Ya lo tengo, Ramón! ¡Ramón!

—¿Qué? —dijo una voz.

—Que ya lo tengo. Lo del sobrino de Mandrake. Que lo vestiremos de chica, tú. ¡Rosario, Rosario!

Contestó la tal Rosario, que estaba abajo, ayudando a la vedette gordísima a ponerse un manto de plumas de color fucsia.

—¡Qué! ¡Estoy aquí!

—Oye: me coges al sobrino de Mandrake y le pones unas medias caladas, aquel bikini tan gracioso de los pompones, la cresta de plumas violetas, los zapatos del berbiquí y una capa que le disimule un poco el cuerpo. ¡Ah, y maquillaje, mucho maquillaje! ¡Quiero que sea la más guapa de la noche!

Aquello se estaba poniendo muy feo.

Me dirigí, despavorido, casi a la carrera, hasta el fondo de la balconada, por donde habían desaparecido el energúmeno y la bella Elena. Allí había un tramoyista fijando con una palomilla una especie de extintor de fabricación casera, con una corta manguera terminada en trompetilla. Me parapeté tras él, como si estuviera muy interesado en sus manipulaciones, mientras echaba una ojeada para asegurarme de que no me tenían controlado. El hombre apretó una palanca roja y del extintor salió un momentáneo chorro de humo amarillo. Decidí esfumarme de allí yo también.

A la derecha, se abría un pasillo interior que olía a moho, a pintura, a barniz y a muchas más cosas que, mezcladas, resultaban repelentes. Había tres puertas cerradas a la izquierda. Oí la voz del hombretón, suave, demasiado amable, amenazante. Odiosa.

—... El miércoles llegaste tarde, cariño. El jueves perdiste el paso en el segundo número y ayer la cagaste en el *playback* y te olvidaste de la letra de la canción.

—Bueno, pero no me toques —susurraba la voz de ella.

—En mi vida he visto una corista tan inútil como tú, cariño.

—Que no me toques. —En la voz de Elena había un temblor que también podía ser interpretado como amenazante.

—Inútil, cariño. He dicho inútil e ignorante, monada.

—No me toques, Atilano. —No: el temblor era de llanto contenido, de impotencia, de máxima vergüenza—. Por favor.

—La boquita cerrada, nena. Yo soy el que paga y, cuando el que paga habla, el que cobra se calla la boquita, ¿lo captas, nena?

—Por favor —decía ella—. Por favor.

Abrí la primera puerta con mucho cuidado. La verdad es que, hasta aquel momento, había olvidado por completo la misión, pero entonces se me ocurrió que allí podían estar los despachos del local y que tal vez encontrara en ellos alguna referencia a las actividades de Sebastián Herrera. En todo caso, la gran estancia sucia y oscura con que me encontré no era un despacho, sino una especie de cuarto de los trastos atestado de pedazos de decorados, árboles de cartón piedra, lanzas medievales, rayos de porespán envueltos en papel de aluminio, escobas, alfombras enrolladas, máscaras de cabezudos descascarilladas, piezas de mecanotubo, botes de pintura verde. Me estaba sublevando la voz ronroneante del tal Atilano que, en el cuarto de al lado, continuaba asediando sin piedad a la chica.

Sonó el timbre de un teléfono.

—¡Qué! —rugió el energúmeno—. ¡Sí, soy Atila! —El nombre de Atila le cuadraba mejor que el de Atilano—. ¡Sí, estoy aquí terminando unas cosas! ¿Para qué demonios queréis que baje? ¡Podéis empezar el espectáculo sin mí, ¿no?! ¿Problemas? ¿Qué clase de problemas?

Entonces se me cruzaron los cables, como se les debían de cruzar a los caballeros andantes insensatos cuando decidían rescatar a doncellas de las garras de ogros de tres metros de altura y media tonelada de peso.

Casi sin darme cuenta, me vi agarrando un bote de pintura verde y corriendo de puntillas hacia la puerta vecina. Dejé el bote ante la puerta. Me retiré a toda prisa hasta el extremo del pasillo y observé.

El tal Atila dijo:

—Bueno, ya voy. —Y, en otro tono, a Elena—: Bajo un momento. Espérame aquí, que aún no he acabado contigo.

Se abrió la puerta. Por el resquicio, en centésimas de segundo, pude ver a la chica con los ojos vidriosos y el maquillaje estropeado por el llanto. Ella también me vio, y se sorprendió, y yo conseguí mirarla solamente a la cara y le sonreí, y ella, pobrica, hizo un esfuerzo por sonreír también. En el instante siguiente, Atilano salió del despacho y metió el pie derecho en el cubo de pintura verde. El sobresalto le hizo dar un traspié, se tambaleó y cayó de espaldas hacia el interior del despacho, con estruendo ensordecedor y profusión de pintura verde por todas partes. Los ojos de la bella Elena se ilusionaron y tuvo que ocultar la risa con la mano, y esta reacción fue la mejor recompensa que podrían haberme dado jamás.

Hui recorriendo el balcón corrido en dirección a las escaleras. Al mismo tiempo, en dirección contraria, venía un muchacho muy bien plantado, con pelo y barba esmeradamente recortados, esmoquin de color verde aceituna y actitud de mírame y no me toques, pero muy varonil. Lo perseguía una mujer de cabellos azules y gafas de culo de vaso, que resultó ser Rosario.

—¡Eh, eh! —lo llamaba—. ¿Tú eres el sobrino de Mandrake?

El chico de la barba y del esmoquin verde oliva se volvió hacia ella, muy orgulloso de ser quien era.

—Sí. Soy yo —afirmó.

—Yo soy Rosario, la encargada de vestuario. Ven conmigo.

—¿No sirve este esmoquin?

—No, no. Tu vestuario es mucho más original.

Los gritos de Atilano en el extremo de la balconada y su aparición súbita, todo manchado de verde y agitando los puños por encima de su cabeza, distrajeron lo suficiente la atención del personal como para que yo pudiera escabullirme escaleras abajo sin que nadie se ocupara de mí.

Llegué hasta la puerta que daba a la sala, pero, al entreabrirla, vi que las luces fuera estaban todavía encendidas y me detuve. No tenía edad para estar allí y, además, aparentaba menos edad de la que tenía, así que decidí esperar a que diera comienzo el espectáculo para salir con más discreción. Me situé detrás de una cortina y eso me permitió asistir al desenlace del episodio del sobrino de Mandrake.

Al cabo de poco rato apareció el muchacho de las barbas esmeradas. Iba dando voces, casi tan enfurecido como Atilano con sus pantalones verdes. Él no llevaba pantalones verdes, pero sí medias caladas, un bikini muy gracioso con pompones de colores sobre su pecho velludo, una cresta de plumas violetas, zapatos de tacón de color escarlata, una capa de mucho vuelo, y maquillaje, mucho maquillaje, toneladas de maquillaje. Decía:

—¡No, no y no! ¡Me niego a salir vestido así a escena!

—Pues resulta muy gracioso —le repetía Rosario para animarle.

—¿Pero este quién es? —preguntó de sopetón el hombre de los bigotes y el chaleco rosa, llegando desde el otro lado del escenario.

—El sobrino de Mandrake —dijo Rosario.

—¡Este no es el sobrino de Mandrake!

—¡Pues claro que lo soy! —protestó el sobrino de Mandrake.

—¡Pues claro que lo es! —le apoyó un tipo vestido de prestidigitador, que debía de ser Mandrake.

—¡Tendríais que pagarme millones para que saliera así a escena, ¿me oís?! —gritaba el sobrino de Mandrake—. ¡Millones! ¡He estudiado con Lee Strasberg, en Nueva York! ¡Soy especialista en Stanislavski y Grotowski! ¡Soy alumno del Instituto del Teatro de Barcelona!

En esto que llega aquel personaje de los cabellos blancos, sujetos atrás en forma de coleta, dando órdenes tajantes. Me pareció que la gente tenía tendencia a caer de rodillas a sus pies.

—¡Muy bien este cómico, muy bien! —aplaudió, refiriéndose al sobrino travestido—. Pero poco sutil la barba. ¡Hay que afeitarle la barba y depilarle el pecho! ¡Aprended a ser sutiles, hijitos! ¡Sutileza, sutileza!

—¡A mí no me afeita la barba ni mi padre! —aullaba el sobrino de Mandrake al borde del llanto—. ¡Ni mi padre!

El prestidigitador pasó un brazo por encima de los hombros de su sobrino y se lo llevó aparte. «Dejadme un momento con él». Lo acercó mucho a la cortina tras la cual yo me retorcía para no hacerme pipí de la risa.

—Por el amor de Dios, Gabriel —le riñó en susurros—. No seas imbécil. ¿Quieres este trabajo o no?

—¡Pero es que es indigno! —gimoteaba su sobrino.

—Por algo hay que empezar. ¿No decías que necesitabas dinero?

—¡Sí, sí, claro que lo necesito, pero...!

—¡Anda, pues ve a afeitarte la barba!

—¿Pero qué he hecho yo, Dios mío? —lloraba ya abiertamente el pobre sobrino de Mandrake—. ¿Qué he hecho yo para merecer esto?

Entonces todo el mundo se puso a chistar, se oyeron timbrazos, el director llamó a la gente a sus puestos, se apagaron todas las luces, hubo carreras precipitadas en la oscuridad y, en tanto que sonaban los primeros compases del número de presentación y se levantaba el telón, yo me deslicé a la penumbra protectora de la sala.

Me fascinó la diferencia que había entre ver el decorado de cerca y del lado de allá de las candilejas y verlo como simple espectador. Las bombillas ya no eran bombillas, sino destellos multicolores que formaban una pintura de plástica indudablemente hermosa, y los chorros de humo amarillo y azul, mezclándose en diferentes tonos de verde, que salían de lo alto, resultaron ser pinceladas magistrales. Y allí estaban las chicas pintadas de purpurina haciendo cabriolas y dando saltos mortales, y el hombre feísimo vestido de bombero, y las otras mujeres, con majestuosos penachos de plumas, contoneándose de aquí para allá, al ritmo de la música. Fantástico.

Aquel momentáneo alejamiento del caos de la farándula volvió a conectarme con el Planeta Tierra y me recordó lo que había ido a hacer allí y que todavía no había hecho. Averiguar qué demonios pintaba el miércoles Sebastián Herrera en *La Rive Gauche.* Eché una ojeada al público extasiado y no pude imaginarme a Herrera como uno más, tan anónimo y anodino como ellos, entrando mezclado con la multitud y saliendo igualmente sin que nadie se percatara de su presencia. No me podía tragar que fuera un cliente habitual de aquel establecimiento. Aquello era demasiado lujoso, demasiado caro para un arruinado en paro, mísero y amargado como Herrera. Sebastián Herrera no había ido simplemente a deleitarse con la función.

Mientras meditaba acerca de todo ello, manteniéndome alejado de la zona de luz que representaba el bar donde se afanaban incansablemente los camareros, refugiado en las sombras del otro extremo de la sala, había llegado al fin a la puerta de salida. No se me ocurría a quién podía interrogar acerca de Sebastián Herrera. Estaba convencido de que cualquier empleado que me viera me agarraría de una oreja y me sacaría de allí a empellones. Y no quería pasar por una humillación semejante.

Así que descorrí la cortina y salí.

Me encontré en un pequeño vestíbulo, muy iluminado en contraste con la penumbra del interior. Allí estaba el mostrador del guardarropa donde se vendían también las entradas para acceder al espectáculo. Ya habían entrado todos los clientes, de manera que la chica que atendía aquello no parecía que tuviera nada que hacer. Se estaba aburriendo y mi presencia no la estimuló lo más mínimo. Era menuda, con la piel muy blanca y el pelo muy negro y corto, que se le pegaba a las mejillas y enmarcaba un rostro joven pero avejentado por un mal humor crónico y un maquillaje demasiado negro en los ojos y demasiado rojo en los labios.

Le dije:

—Je, je, hola. Soy el sobrino de Mandrake.

Ella me echó una ojeada con la que pretendía transmitirme telepáticamente un mensaje clarísimo: «Muérete», pero sus ojos quedaron fijos en mí de una forma muy significativa. Como si yo no le resultara desconocido. Y, tal vez inspirado por aquella mirada, yo también pensé que la reconocía. ¿Quién era aquella chica? ¿Dónde nos habíamos visto antes?

—Pues qué bien —dijo, sin entusiasmo—. ¿Qué quieres? ¿Dejar el esmoquin?

—¿Has visto esta foto? Ahora mismo mi tío me estaba diciendo que había visto a este señor en el local, el miércoles pasado...

Un vistazo a la foto del periódico bastó para que a la chica se le encogiera cinco centímetros el lazo de la pajarita.

—¿Le recuerdas? —insistí, poniéndome un poco nervioso.

—No. No sé. Quiero decir... —dijo visiblemente confusa—. Espera un momento.

Me arrebató el recorte de prensa y desapareció por la cortina que tenía tras ella sin darme opción a hacer más preguntas. Yo me puse en guardia. Esta vez estaba seguro de haber dado en la diana, pero no me gustaba la actitud de la chica. Oí unos susurros. Apenas empezaban a dispararse las señales de alarma en mi cerebro cuando la cortina se abrió de nuevo, reapareció la recepcionista avejentada y levantó la parte abatible del mostrador, invitándome a ir con ella. Me notificó:

—*Dice* que pases.

No pregunté quién lo decía. Avancé de forma automática y pasé al otro lado de la cortina. Con el rabillo del ojo vi que la recepcionista no venía detrás de mí, sino que salía al vestíbulo y se dirigía a la puerta de la calle. Tuve la convicción inmediata de que iba a reclamar la presencia de los gorilones de fuera.

El guardarropa era una estancia bastante amplia, ocupada en primer término por seis o siete percheros consistentes en grandes marcos metálicos provistos de ruedas, de cuya barra, en invierno, debían de colgar los abrigos del público. Aquel día soleado de junio, únicamente una de las perchas estaba ocupada por cinco o seis chaquetas femeninas, un inadecuado abrigo de pieles, un impermeable masculino y un paraguas.

Por eso pude ver perfectamente, desde la cortina, al hombre que me esperaba al fondo de la estancia. Era don Atilano en persona. Estaba en calzoncillos, con unos pantalones manchados de verde en una mano y el recorte de periódico con la foto de Sebastián Herrera en la otra.

—Pasa, pasa —dijo. Pero yo no me moví, claro.

Oí pasos a mi espalda, y el frufrú de la cortina al descorrerse.

—¿Llamaba usted, don Atilano? —dijo un vozarrón.

La temperatura de mi cuerpo se puso muy por debajo de los veinte grados centígrados.

—¿Qué querías, chico? —me preguntó don Atilano, a voces.

Balbucí:

—Saber si su, si sa, si sabe quién es ese tipo de la foto. Si lo conoce, quiero decir.

—No. No le conozco. No sé quién es —afirmó él, de manera tajante.

—Ah, bueno, pues entonces nada. Solo era por saber —exclamé, tratando de quitarle importancia a la situación.

Di un paso atrás, pero la manaza del gorila me estrujó el hombro y desistí de mi primera intención.

—¡Espera! —gritó don Atilano simultáneamente—. Yo no tengo nada que ver con este tipo que el periódico dice que mataron. Pero tú sí tienes algo que ver. Y tengo interés en saber qué relación tenías con él. ¿Qué has venido a buscar, chico?

Yo iba haciendo «ay, ay, ay» y tratando de hurtar mi hombro a la manaza del monstruo. No sabía qué responder. Sabía que no se conformarían con un simple «nada». De todas formas, probé:

—Nada.

—¡No juegues con mi paciencia! —rugió don Atilano—. ¿Qué has venido a buscar, chico?

Me aclaré la garganta. Tomé aire. Probé de nuevo.

—Nada. —Y saqué mi hombro de debajo de la zarpa del gorila—. Ay... Espere. Es que tengo una malformación congénita...

Pero, mientras yo tartamudeaba tonterías, pude escuchar perfectamente la voz de don Atilano, al fondo:

—No le hagas mucho daño, Dionisio. Solo el suficiente para...

Palabras mágicas.

7

Palabras mayores

No le hagas mucho daño, Dionisio —dijo el señor Atilano—. Solo el suficiente para...

Hasta entonces, yo había estado inmovilizado, silencioso, indeciso, sometido al inevitable devenir de las circunstancias. Pero aquellas palabras mágicas tuvieron el poder de convertirme en otra persona. De pronto empecé a moverme y a gritar y a actuar con determinación y exactitud, rebelándome contra el destino.

No me interesaba saber qué era lo que Atilano quería obtener de mí. No me entretuve escuchándole. Antes de que terminara la frase, di un salto adelante, me agarré al marco del perchero que tenía más cerca y, girando sobre mí mismo, lo empujé contra el gorilón que estaba a mi espalda. Las ruedecillas del artilugio estaban perfectamente engrasadas y le daban una movilidad admirable. Se dio un tropezón inesperado y aparentemente inofensivo, pero en seguida fui a por el segundo perchero y lo proyecté contra el primero, y sumé el tercero a los otros dos, y el cuarto, formando un zipizape ruidoso y caótico al fondo del cual el gorila trataba de alcanzarme braceando y balbuceando, sin comprender por qué era tan difícil conseguirlo. Atila le ordenaba a voces que me agarrase de una vez, pero los cacharros rodantes y ligeros y la propia corpulencia del cancerbero formaban una barrera móvil e infranqueable. Mi corta talla, en cambio, permitió que me escabullera por dentro de los marcos. Fue todo muy confuso pero, de pronto, yo me encontraba junto a la cortina y el gorila estaba rodeado de percheros cromados que parecían haber cobrado vida propia para atacarle. Crucé la cortina y salí al vestíbulo pasando por debajo del mostrador, en el preciso instante en que el segundo vigilante y la chica del guardarropa comparecían al reclamo de los gritos y al estrépito de cacharrería. Nada se interponía entre nosotros y, francamente, no me vi con ánimos de enfrentarme a él en duelo singular. Mi única salida era la puerta que daba a la sala de fiestas y por ella me introduje, a toda pastilla, liberando mi pánico en una serie de gritos agudos y estremecedores.

En ese momento, el mago Mandrake había iniciado la actuación con uno de sus trucos más sencillos. Estaba diciendo:

—Observen detenidamente estas cinco anillas olímpicas, entrelazadas de forma que resultan imposibles de soltar...

Entonces aparecí yo en el fondo del local, corriendo y aullando como un poseso: «¡Socorro, socorro, socorro, socorrooooo!». El público se volvió hacia mí dando un brinco unánime, muchos se pusieron en pie, algunas señoras chillaron y unos cuantos soltaron risotadas, creyendo que yo formaba parte del número. Me colé por la puerta que daba al otro lado del escenario, crucé por detrás del decorado como una exhalación, bajé la decena de escalones, salí por el portón que daba al lateral del edificio y me perdí en lontananza, corriendo tan de prisa que los tacones me golpeaban las nalgas. Mientras tanto, el mago Mandrake terminaba su número:

—... Y, ante sus ojos maravillados, aquí tienen las cinco anillas, cada una por su lado.

El público estalló en aplausos y carcajadas. Nunca el numerito de las anillas había sido tan celebrado.

En el metro, de regreso al barrio, me deprimí al llegar a la conclusión de que, después de tanta peripecia, no había averiguado casi nada. Solo que la mención del nombre de Sebastián Herrera ponía muy nervioso al propietario de *La Rive Gauche* y que don Atilano, cuando se ponía nervioso, se comportaba como un gángster de película en blanco y negro. Había sacado en claro eso y la mirada suspicaz de la recepcionista avejentada. ¿Me había reconocido o solo me lo parecía? Y, si me había reconocido, ¿dónde nos habíamos visto antes? Esa pregunta no era difícil de responder. Desde luego, no podía darme el pegote de suponer: «¿Tal vez en el Hotel Raffles de Singapur?», porque yo nunca había estado en Singapur ni, mucho menos, en el Hotel Raffles. La chica solo podía conocerme del barrio. Es un barrio lo bastante grande para que no nos conozcamos todos, pero lo bastante pequeño como para que todos los vecinos nos hayamos visto alguna vez. Una sola boca de metro, apenas un par de quioscos, un solo buzón, un mercado pequeño, una sola calle con tiendas de ropa, un par de paradas de autobús... No era difícil que hubiéramos coincidido alguna vez en un lugar o en otro. Solo que ella me había recordado y yo no la recordaba a ella. Quizá se había cambiado de peinado o en el barrio no usaba chaleco y pajarita. Me encontraba, más o menos, donde estaba al principio. O sea: perdido en el desierto, siguiendo una flechita que ponía «por allí», sin ninguna otra indicación, sin especificar si «por allí» se iba a la civilización, a ninguna parte o a una emboscada de feroces bereberes.

Lo único que me consolaba un poco era pensar en mi amiga, la bella Elena. En la sonrisa y en el guiño con que me agradeció lo que hice por ella. Pero en seguida me desanimé: ¿Y qué? Me había sonreído como sonríen las tías a los sobrinos espabilados. Y, al ver mi bochornosa huida pidiendo socorro a gritos, se habría reído de mí, como todos los demás.

Estaba de humor fúnebre, dispuesto a creer posibles las mayores calamidades.

Y, al llegar al barrio, la cotización de mi depre subió muchos enteros.

En la misma boca del metro, frente a la sucursal de La Caixa de la plaza del Mercado, me vi abordado por un grupo de media docena de vecinos malcarados, armados con cadenas de moto, mangos de hacha y barras de hierro. La mayoría eran jóvenes, incluso un par de años menores que yo, pero el cabecilla era un señor mayor, con aspecto de respetable padre de familia.

—Vamos a ver, chaval. Dinos quién eres y qué vienes a hacer al barrio —me exigió.

—Es de aquí. Es el hijo de Juan, el del bar Anguera —intercedió por mí uno de los jóvenes, que era uno de los cursos superiores en el instituto y me había reconocido.

El señor mayor adoptó otro tono, menos hostil, pero igual de autoritario:

—Está bien. Vete a tu casa, que no está el horno para bollos.

—¿Qué pasa? —pregunté yo, a pesar de que ya sabía perfectamente lo que pasaba.

—Hemos formado patrullas ciudadanas —me explicó el que había intercedido por mí, con los humos de quien acaba de ingresar en un cuerpo de élite de la policía—. Controlamos todos los accesos al barrio. Ya que la policía no hace nada, nos ocuparemos nosotros de que no entren yonquis en el barrio.

—¿Y qué haréis si encontráis alguno?

—Asegurarnos de que no le queden ganas de volver por aquí, eso es lo que haremos —me contestó, con muchas ganas de encontrar alguna víctima con la que demostrar lo que acababa de decir—. Cuando los yonquis de la ciudad aprendan que aquí no pueden venir a comprar droga, también tendrán que largarse los que la venden. ¿Te percatas?

Me pregunté por qué no irían directamente contra los vendedores de droga, que eran más culpables y los tenían más cerca. Quizá esa fuera la respuesta: que los tenían tan cerca. También era un misterio por qué no hacía nada contra esos camellos la policía, puesto que eran tan conocidos. Pero, para ese misterio, no solo no existía la respuesta, sino que nadie parecía interesado en plantearse siquiera la pregunta.

Empezaba a oscurecer. En el trayecto a pie hasta mi casa me crucé con tres o cuatro patrullas más. Siempre la misma historia: unos cuantos señores mayores, muchos jóvenes, algunos infundiéndose valor (o mala leche, según se mire) con litronas y botellas de coñac. Las patrullas iban a vigilar durante toda la noche. En algunas esquinas habían encendido hogueras dentro de barriles metálicos, que parecían adelantar los festejos de la verbena de San Juan. Si a estas patrullas de ataque se les sumaba la existencia de las barricadas y el ánimo de resistencia que había visto en las Casas Buenas, llegaba uno rápidamente a la conclusión de que todo aquello podía acabar pero que muy mal.

No era una situación nueva. En su día, habían ocurrido cosas parecidas en otros barrios y en otros pueblos. En el barrio de San Cosme, del Prat, o en Herrera de la Mancha, provincia de Jaén. Recordaba fotos de yonquis apaleados, tendidos en el suelo con los ojos llorosos y la expresión patética, rodeados por gente que izaba la barbilla como el cazador orgulloso de haber cobrado una buena pieza: imágenes de casas incendiadas, de masas enfurecidas, niños incluidos, insultando al grito de «asesinos» a otros niños gitanos que entraban en la escuela. Había ocurrido otras veces, vale, pero no era lo mismo leer sobre ello o verlo por la tele que vivirlo. Imaginé a Carmen pasando por ese trance, entrando en la escuela protegida por la policía y abucheada por madres de familia que la llamaban asesina solo por el color de su piel y las costumbres de sus padres. La idea se me hizo insoportable. ¿Cómo explicarme aquel odio absurdo, aquella agresividad homicida entre personas que, días atrás, no se demostraban más que indiferencia o que, en los casos más incomprensibles, se dedicaban sonrisitas, palmadas en la espalda y copichuelas de amistad?

Mucho más tarde, un patriarca de la familia gitana del barrio me diría: «Nos atacan porque nosotros representamos a un pueblo libre. Tenemos nuestras propias leyes y una vida hecha a nuestra medida, y eso es algo que no nos puede perdonar la gente que se siente bajo leyes ajenas y que vive una vida que le viene ancha o estrecha. Hay mucha gente así. Y esa gente tiene envidia de los que estamos orgullosos de nuestra forma de vivir. Y la envidia genera odio. La libertad siempre ha dado miedo al papanatas que necesita un manual de instrucciones hasta para ir a mear. La libertad siempre ha dado miedo a ese tipo inseguro que cree que "distinto" es sinónimo de "malo" y que siempre ve un posible enemigo en quien se comporta de forma diferente a la suya. Entre los gitanos puede haber delincuentes, claro que sí, como entre los negros, los amarillos, los esquimales y los blancos, sobre todo entre los blancos. Pero a nosotros no nos atacan solo por eso: nos atacan sobre todo porque somos distintos, porque queremos ser distintos, porque estamos orgullosos de ser distintos». Algo así me dijo el tío Joaquín mucho tiempo después, pero yo creo que eso no lo explica todo. Esa violencia feroz no se puede explicar razonando. La razón y la simple observación de la realidad dejaban claro que en mi barrio vendían droga tanto gitanos como payos y que, en todo caso, el negocio en serio lo hacía gente de fuera del barrio, gente que no vivía en chabolas ni en pisos de cincuenta metros cuadrados como los de las Casas Buenas. Y la razón decía también que esos mangantes de guante blanco no eran gitanos, sino payos y bien payos. Pero la razón no sirve de nada en estos casos. Aquella violencia irracional, el hecho de reconocer a personas a las que tenía calificadas como buena gente entre las patrullas, dinamitó por completo mi fe en el ser humano y las esperanzas que tenía puestas en un futuro mejor.

Y, de rebote, todo ello no hacía sino aumentar mi frustración por no haber avanzado nada en la resolución del caso de Reyes Heredia.

Si pudiera demostrar que él no había asesinado a Herrera tal vez se calmarían un poco las cosas en el barrio, tal vez tuvieran que callarse los que tanto gritaban.

Aquella noche, mi padre nos amenizó la cena con una anécdota que le había sucedido aquella tarde. Una señora un poco aparatosa, vestida y maquillada de forma extravagante, había entrado en el bar, le había pedido un café con leche y había tratado de pegar la hebra con él. Eso no hubiera sido extraño: el dueño de un bar está avezado a tratar con toda clase de clientes. Rara, en cambio, había sido la manera como la mujer había iniciado la conversación.

(Yo, a todo esto, no sabía dónde meterme).

—Así que me han dicho que perdió usted a su mujer hace poco, ¿verdad? —había preguntado.

Mi padre supuso que se refería al día de la manifestación y la batalla campal, cuando mi madre había huido en una dirección y él en otra y ambos se habían perdido de vista y habían pasado un mal rato buscándose. O sea, que respondió que sí, que la había perdido hacía poco.

—¿Y puedo preguntarle cómo fue?

Por lo visto, a la mujer el tema le parecía interesantísimo. Mi padre tenía demasiado trabajo para entretenerse contando todos los pormenores de la manifestación.

—Pues... No sé... En medio de la confusión..., la multitud, los gritos... —Atendió a un par de clientes, cobró, devolvió cambios, manipuló la cafetera.

—¿Confusión? ¿Multitud? —Doña Juana se estremecía—. Entonces, ¿fue un accidente? —dijo. Y repitió, cuando volvió a tener a mi padre a tiro—: ¿Fue un accidente?

—¡Pues claro que fue un accidente! —exclamó mi padre, con toda naturalidad, mientras se limpiaba las manos con un paño—. ¿Pues qué se creía? ¿Que lo hicimos a propósito?

—Oh, Dios mío... —La mujer parecía terriblemente afectada por el incidente. Fruncía la boca, fruncía el ceño, fruncía toda la cara, como si participase en un concurso de muecas—. Debió de ser horrible, ¿verdad?

Mi padre pensaba que no era para tanto, la verdad. Pero supuso que la mujer se estaba refiriendo a la algarada y a los cócteles molotov, y a los heridos y a la intervención de la policía, y a las patrullas ciudadanas y al ambiente insano que se respiraba por todas partes. Por eso dijo:

—Sí, claro. Fue horrible. Parece mentira que todavía puedan ocurrir estas cosas.

—Es ley de vida —filosofó la mujer, muy triste—. Hay que resignarse.

—Yo no creo que tengamos que resignarnos —protestó mi padre, que de vez en cuando tenía ramalazos idealistas—. Algún día, el hombre acabará con esta clase de desgracias.

Doña Juana dio un respingo.

—¿Usted cree?

—Claro que sí —afirmó mi padre, muy convencido—. A eso se le llama progreso. Yo creo en el progreso.

A la mujer le costaba creer lo que estaba escuchando.

—¿Usted cree que el progreso nos permitirá vivir eternamente? —preguntó.

Mi padre parpadeó. No comprendía a santo de qué venía aquella pregunta intempestiva. Estaba empezando a pensar que la mujer era muy rara y temía que, de buenas a primeras, le organizara una escena desagradable.

—¿Eternamente? —repitió. No sabía qué decir. Añadió—: Perdone. —Y fue a preparar un café.

La señora volvió a la carga.

—Perdone —le dijo—. Perdone. Supongo que se estaba usted refiriendo a la congelación, ¿verdad?

—¿Congelación? —dijo mi padre—. ¿A qué se refiere?

—He oído decir que ahora los congelan. Como a Walt Disney.

—¿Como a quién?

—Como a Walt Disney. Y, pasados unos años, los despiertan y los curan.

—¿Ah, sí?

Mi padre estaba tratando de recordar dónde tenía guardada la tila o si en el botiquín no habría algún calmante de efectos fulminantes. Entonces pareció que la señora se ponía muy nerviosa. Pagó, recogió sus cosas y se despidió:

—Bueno, perdone, tengo que irme. Ya veo que no le gusta hablar del tema. Perdone si he despertado recuerdos dolorosos. —Pero, antes de salir, le había sonreído de forma siniestra por encima del hombro y había añadido un comentario sorprendente—: ¡Es usted tan tímido!

Y se fue.

—¿No os parece muy extraño? —preguntó mi padre al terminar de contar la anécdota. Y se dirigió a mí en particular—: ¿De qué te ríes?

Fingí que no me reía, fingí que era un violento ataque de tos, que me había atragantado con un pedazo de comida. Abandoné la mesa a toda prisa y me encerré en el cuarto de baño, donde ahogué mis carcajadas metiéndome una toalla en la boca.

Más tarde, insomne en la oscuridad de mi habitación, intenté alegrarme la vida pensando en la única perspectiva agradable que parecía reservarme el futuro: la visita que, a las seis de la tarde del día siguiente, le haría Adrián Cano a Sibila. El chasco del siglo. Mi venganza. El principio del fin de la reputación de una adivina estafadora. Pero incluso esa expectativa me pareció funesta. Me pareció una venganza desmesurada, me pareció que precipitaba la pérdida de una amiga magnífica, que me había ayudado en mis momentos peores, y los pensamientos que tendrían que haber sido placenteros solo sirvieron para desvelarme más. Decidí que mi único consuelo estaba en pensar que las cosas me iban tan mal que difícilmente podían empeorar más.

También en este punto me equivocaba, como pude comprobar a la mañana siguiente.

La mañana del domingo siempre es especial en el bar. Abrimos un poco más tarde, y el público no se compone de trabajadores que consumen carajillos y bocatas, o de jubilados empeñados en sus interminables partidas de dominó, sino de familias enteras que vienen a las doce o a la una a tomar el aperitivo.

Aquella mañana de domingo, sin embargo, fue muy diferente: a partir de las ocho empezaron a llegar miembros de las patrullas ciudadanas, con cara de sueño, para tomarse unos cafés bien cargados o para desayunar. El señor Eliseo todavía no había llegado para echarnos una mano y mi padre me pidió ayuda. Fui a la panadería a conseguir más bollos, pastas y cruasanes y, de regreso, me dediqué a hacer cafés con leche y a servirlos, muy serio, sin dirigir a nadie la palabra y sin volcar ninguna taza ni romper ningún vaso. Gracias a los comentarios que intercambiaban, me enteré de que la noche había sido movidita. Habían «capturado» a media docena de drogatas que iban al barrio a comprar droga y les habían dado de palos. Y algunos bárbaros celebraban esos hechos como si se tratara de gestas épicas.

A eso de las diez, el bar se vació. Un poco después llegó el señor Eliseo, taciturno, arrastrando los pies, como si fuera ajeno a todo lo que sucedía a su alrededor. Se puso a limpiar vasos y platos sin hacer ningún comentario referente a las patrullas nocturnas. Mi padre me pidió que barriera el local.

Y en esas estábamos cuando una oleada de violencia y terror, una riada devastadora, irrumpió por la puerta rompiendo cristales y haciendo mucho ruido.

Seis o siete *skinheads,* todos con sus cazadoras Bomber y Harrington, tejanos, el cráneo rapado, las botas Doc Martens con puntera metálica, bufandas tapándoles la boca, y bates de béisbol o barras de hierro o cadenas en las manos. Uno de ellos barrió el mostrador con su bate, limpiándolo de vasos, tazas y platos, que se estrellaban contra el suelo. Otro destrozó el expositor de las tapas descargando una cadena sobre él. Otro lanzó una botella de cerveza contra el televisor, cuya pantalla explotó con un ruido sordo. Los tres clientes que charlaban en una mesa pegaron un brinco y se apiñaron contra la pared. Yo me encontré entre ellos, abrazado a la escoba, paralizado de terror.

Mi padre gritaba: «¡Eh, eh, eh!» y echó mano bajo el mostrador, donde tenía un grueso bastón para casos de emergencia. Pero el jefe de la pandilla se le adelantó. Se abalanzó por encima de la barra y le clavó en el pecho el extremo más ancho del bate, empujándolo contra las estanterías de atrás.

—¡Quieto tú, mamarracho! —le dijo, mientras uno de sus sicarios rodeaba el mostrador y se metía tras él.

Agarró a mi padre de la ropa y lo empujó contra el rincón donde solíamos cortar los embutidos para hacer bocatas. Gritaba el rapado como si se hubiera vuelto loco. Aunque supongo que ya estaba loco antes de entrar a visitarnos.

—¡Qué pensabas hacer tú, desgraciado! ¿Eh? ¿Qué pensabas hacer tú, eh, eh, eh, eh?

No soy ningún héroe, pero en aquel momento la sangre de mis venas se convirtió en un torrente de ácidos corrosivos, el aire que respiraba se convirtió en un gas venenoso, la temperatura bajó veinte grados de golpe, y el miedo y la indignación me hicieron perder el control.

—¡Vale ya, vale ya! —grité.

Me eché sobre ellos blandiendo la escoba. Conseguí golpear una de aquellas cabezas rapadas. No sé muy bien lo que sucedió a continuación. Tropecé con un muro de manos y puños y palos. La escoba salió volando como si hubiera pertenecido a una bruja. Me vi en el suelo, retorciéndome para esquivar puntapiés, me vi levantado en volandas, braceando y chillando, muerto de miedo, os lo juro, muerto de miedo, seguro de que aquellas bestias borrachas me iban a matar.

A pesar de las bufandas los había reconocido, y eso no contribuía precisamente a tranquilizarme. El jefe era una mole amorfa y grasienta, ejemplar alimentado con cerveza y con productos farináceos en grandes cantidades. Antes de ser *skin*, había sido *Ángel del Infierno* en Vespino, *heavy* y después *punkie*. Lo que fuera con tal de armar bronca. Era famoso en todo el barrio y ostentaba con orgullo el apodo de Führer. Otro era un niñato pálido como un cadáver, necesitado de emociones y de que alguien le hiciera creer que era importante y que dejaría huellas indelebles de su paso por este mundo. Si no recordaba mal, le llamaban el Drácula. Con un tercero ya nos las habíamos tenido otra vez, cuando él era *heavy*. Le llamaban Puti y había querido correrme a cadenazos. Según se contaba en el barrio, entre las hazañas de aquellos energúmenos se contaba el apaleamiento de un trabajador árabe y el intento de quemar vivo a un mendigo. O sea, que eran mala gente.

Me colocaron boca abajo sobre el mostrador, alguien me agarró de los pelos y me sumergieron la cabeza en el agua sucia del fregadero. Mi nariz dio contra los platos sucios puestos en remojo, un tenedor me hizo un rasguño en la mejilla. No entendía su mala leche. No sabía qué querían, ignoraba qué les alteraba de aquella manera. Yo siempre me había mantenido a una prudente distancia de ellos. Solo comprendía que no podía respirar, que me estaba ahogando. Abrí la boca, pataleé, tragué agua y, cuando ya me resignaba a la idea de perder el conocimiento, el Führer me sacó la cabeza de allí pegándome un fuerte tirón. En seguida volví a oír las voces de mi padre y del señor Eliseo, blasfemando, y el estrépito de cristales rotos. Pero, por delante de todo aquello, se impuso un susurro amenazador. El Führer había pegado su boca a mi oído derecho y me estaba diciendo secretos y llenándome la oreja de salivilla.

—¡Esto para que aprendas a meterte donde no te llaman! —siseó como una serpiente venenosa—. ¿Entendido? ¿Eh? ¿Eh? ¿¿Te enteras??

—¡Sí, sí! —grité, aunque seguía sin enterarme de nada.

—¡Esto solo ha sido un aviso! ¿Te enteras?

—¡Sí, sí!

—¡Si vuelves a hacer preguntitas inconvenientes, si vuelves a husmear en el asunto de ese gitano de mierda, no quedará piedra sobre piedra en este bar ni un hueso sano en tu cuerpo! ¿Entendido?

—¡Entendido, entendido!

Ahora sí lo entendía. Un poco, al menos. Lo suficiente para estar seguro de que mis investigaciones en *La Rive Gauche* no habían ido en absoluto desencaminadas.

Tiraron bruscamente de mi ropa y caí de lo alto del mostrador derribando un par de taburetes y golpeándome con la pata de uno de ellos en la barbilla. Fue una costalada de órdago. Y, de propina, uno de aquellos simios me envió un puntapié a la cadera. Vi las estrellas. Sentí los ojos empañados y conservaba la boca muy cerrada para contener el sollozo que la llenaba y pugnaba por estallar.

—¡Vámonos! —ordenó el Führer. Y, para demostrar que era él quien mandaba, agarraba a sus esbirros de la ropa y tiraba de ellos hacia el exterior—. ¡Vámonos!

—Mira cómo llora el mariconcete —dijo uno, antes de irse.

Salieron del local riéndose a carcajadas. Yo me quedé en el suelo. Descubrí que no podía moverme. Hasta las uñas me temblaban. Mi padre acudió corriendo a mi lado. Y, en seguida, se apiñaron los tres clientes, y el señor Eliseo, y mi madre, y Pili.

—¡Juan! ¿Te han hecho daño?

—¿A mí? ¿Qué te hace suponer eso?

Me daba rabia, me humillaba que me vieran llorando. Me indignaba ver a mi padre tan atribulado.

—No tendrías que haberles dicho nada, Juan —me reprochó él, suavemente—. Era mejor callar y dejarlos hacer.

No comprendía lo que había ocurrido. No sabía que los *skins* habían venido a por mí y habían organizado aquella trifulca por mi culpa. No había oído lo que el Führer me había cuchicheado al oído e interpretaba que me habían atacado solo porque yo les había replicado a escobazos.

Me ayudaron a levantarme y me acompañaron al cuarto de baño, para restañar la sangre de mis heridas. Además del rasguño de la mejilla, tenía el labio y una ceja partidos, y un costurón en el cuero cabelludo.

—¿Puedes andar?

—Ya lo creo. ¡Ay!

—Vaya un puntapié que te han dado. Y con esas botas. Yo creí que te habían roto algo.

—Pues no me han roto nada, no.

—Yo creo que tendrán que darte unos puntos en la cabeza.

—No, no. No creo.

—¿Te duele?

—No, no. Qué va.

—No entiendo qué podemos haberles hecho a esos muchachos —repetía mi madre, más desconcertada que desconsolada—. No lo entiendo, no lo entiendo. No entiendo por qué lo han hecho.

—No necesitan motivos. Son unos bestias —decía Pili. Tampoco ella podía contener las ganas de llorar.

Yo me sentía muy culpable, porque me sabía responsable de todo, pero comprendía que nadie ganaría nada si les contaba la verdad.

Más tarde, en el bar, mi padre y los clientes que se ofrecieron a echarle una mano para arreglar un poco los desperfectos especulaban sobre las razones del asalto:

—Tal vez se han enterado de que aquí se servía a gitanos... —decía uno, no sin retintín.

—¡Aquí y en todos los bares! —protestaba indignado mi padre—. Si venían y se portaban con educación, ¿por qué no tenía que servirles? ¡Son clientes como otro cualquiera! ¡Mejores clientes que muchos!

—O tal vez te tenían alguna guardada...

—Una vez me negué a venderles unas litronas, porque entraron borrachos —recordó mi padre.

—Pues ahí, ahí.

—¡Pero de eso hace tres meses!

—Aprovechan ahora que las cosas están revueltas en el barrio... Tendrías que habérselas vendido. ¿Qué más te daba? Si no les sirves tú, les sirve otro. Mira el negocio que está haciendo con ellos Sirvent, el del bar Berlín. Les tiene todo el día ahí metidos. Es como si fuera su cuartel general. Les ríe las gracias, se lo consiente todo. Yo diría que hasta les provoca.

Yo conocía el bar al que se referían. Y la indignación me hacía comprender esas películas cuyos protagonistas sufren un brutal ataque al principio y luego se pasan meses y meses, años enteros, entrenándose duramente hasta que, convertidos en guerreros invencibles, pasan a ejecutar su implacable venganza. Me imaginaba a mí mismo apuntándome a un gimnasio, entrenándome y entrenándome, practicando kárate y kung-fu, y por fin me veía entrando un día en el bar Berlín y diciéndole al Führer: «Hola, purria. Creo que teníamos una conversación pendiente...».

Pero claro, eso no era posible. En las películas, los años de duro entrenamiento pasan en un visto y no visto, pero en la vida real no. Y si de algo no disponía era de tiempo. Ahora sabía que mis investigaciones del día anterior estaban bien encaminadas, que don Atilano había confirmado todas mis sospechas enviándome a aquellos desgraciados para pararme los pies.

Pregunta: ¿Cómo había podido averiguar dónde encontrarme? Respuesta: la recepcionista morena, la muchacha de pelo muy negro y piel muy blanca, la vecina del barrio que me había reconocido. Aquella maldita ojeada interrogativa. Bueno, ese era el siguiente paso que dar: tendría que sostener una charla con ella. Porque Flanagan, su seguro servidor, no estaba dispuesto a detenerse, antes al contrario, a pesar del miedo (bueno, no era exactamente miedo: ¡era pánico!) de que los *skins* pudieran cumplir sus amenazas.

Mi padre decidió no denunciar el asalto a la policía. «No vale la pena», explicó en un murmullo que en realidad significaba: «Tengo miedo de que vuelvan». Y los clientes afectados se mostraron de acuerdo. «No está el horno para bollos», decían. «Mira que estos chicos, estos días, andan muy exaltados». «Mira que se dice que mataron a un travestí, a palos, en el parque de la Ciudadela».

—Mejor dejar las cosas como están —decía mi padre.

Yo no sabía dónde mirar.

8

Veo, veo

Permitidme ahora que os hable de Adrián Cano Arrieta.

Aquel soleado domingo de junio, se había levantado de la cama convencido de que inauguraba un día importantísimo, el primer día del resto de su vida, o algo por el estilo.

Y es que ya llevaba un tiempo disgustado e incómodo con su manera de vivir. Estaba harto de que le llamaran «Adrianito», o «Nito», o «Nene», y de que su mamá lo arropara cada noche, y de que le preparase su lechecita y de que le comprase cada día aquellos bizcochos que tanto le gustaban. Estaba harto de vivir con sus papás, estaba harto de no tener novia, estaba harto de los temblores que le sobrecogían cada vez que se aproximaba a una chica de buen ver, y estaba harto de ser el último mono en la redacción del periódico, y de las compasivas palmaditas en la espalda, y de aquella mano del veterano que ayer le había revuelto el pelo, como se hace con los niños o con los retrasados mentales irrecuperables. Estaba harto y había decidido romper con todo ello de una vez.

Claro que sabía que un cambio radical no era tan fácil, que no era suficiente gritar «basta» para que cayeran las cadenas y le salieran alas en la espalda. Por eso había decidido consultar con Sibila.

En la redacción había oído elogios de la vidente. La esposa de un compañero había ido a visitarla y se había quedado patitiesa cuando la bruja había adivinado cosas de su pasado, de su presente y de su futuro. Y decía el compañero que, desde aquella primera y única consulta, la relación del matrimonio había mejorado considerablemente.

«Bueno, pues vamos a probarlo», se había dicho Adrián.

Y, con espíritu esperanzado y ciego, condujo el domingo de autos su recién estrenado Renault Clío hacia el barrio donde vivía Sibila. No las tenía todas consigo, a pesar de las promesas que había recibido acerca de su seguridad personal, pero contrarrestó cualquier reparo y tentación de retroceso con la convicción supersticiosa de que aquel día estaba a punto de cambiar su vida.

No podía imaginar hasta qué punto iba a cambiar.

Desde la ventana del piso vecino al de Sibila vi cómo aparcaba el Renault Clío. Supuse en seguida que se trataba de él por los brincos que dio el coche cuando lo caló antes de que se detuviera del todo. Le vi apearse y caminar cuatro pasos, cuatro pasos justos, ni uno más ni uno menos, hacia la barricada donde Rafa, Manuel y otros calés montaban guardia. De pronto, vio que esos muchachos, vendados y armados con barras de hierro, se dirigían hacia él y, sin pensar, dio media vuelta y se precipitó al coche, creyendo lo que no era y desistiendo para siempre jamás de su cambio de vida. Prefería mil veces que su madre continuara arropándole por las noches a que le abrieran la cabeza con una herramienta metálica. Pero las llaves del coche cayeron de sus manos torpes y eso dio tiempo a que el comité de recepción llegase hasta él. Se incorporó con las llaves en la mano y se vio rodeado de gente que, a primer golpe de vista, le pareció hostil. Y se disponía ya a sollozar y suplicar clemencia para ablandar sus corazones, cuando uno de ellos se apoderó de su mano derecha y le dedicó una afectuosa sonrisa desdentada.

—Es usted el periodista, ¿verdad? ¡Sea bienvenido, hombre, sea bienvenido!

—¡Y no se asuste, hombre, que aquí no nos comemos a nadie!

—Confiamos ciegamente en usted, amigo —le decía otro, el más misterioso, guiñándole un ojo.

—Y cualquier cosa que necesite, ya sabe.

Adrián no dijo nada coherente en todo el rato. Se dejó arrastrar hasta un edificio bastante maltrecho y lo metieron en un ascensor que, inexplicablemente, subía y bajaba de un piso a otro. Se despidieron de él agitando las manos, como si estuviera iniciando un viaje en avión.

Mientras subía, Adrián se permitió una sonrisa. Le salió un rictus un poco atónito, un poco bobalicón, pero fue una señal de confianza en sí mismo. Aquel extraño recibimiento le pareció que confirmaba y anunciaba la pronta y mágica solución de todas sus preocupaciones.

Al mismo tiempo, yo podía observar el nerviosismo desmedido que manifestó Sibila en cuanto sonó el timbre de la puerta y uno de los vigilantes de abajo le advirtió de la llegada del «periodista». Desde mi puesto de observación, arrodillado ante la ventana que daba al patio de luces, oculto por una persiana echada a medias, con el ojo pegado a la rendija que me proporcionaba una visión privilegiada del consultorio de la adivina, contemplé cómo mi amiga la farsante se detenía ante un espejo para dar un último toque al maquillaje y se alisaba con ambas manos las caderas ceñidas por un estimulante vestido negro que empezaba justo bajo la mandíbula y terminaba a medio muslo. Reparé también en su peinado, moño sencillo pero cuidadísimo, y en los zapatos de tacón, que la hacían parecer más alta y esbelta. Y juzgué que no era el atuendo más indicado para una bruja. Pensé también que estaba más atractiva que nunca. La adivina se había puesto guapa para recibir al periodista aventurero de fama y cualidades casi mitológicas.

A primer golpe de vista, Adrián Cano me pareció un petimetre más bien enclenque, con gafas y un cierto aire permanente de preguntarse dónde estaría su mamá. Vestía chaqueta a cuadros, de lana, demasiado abrigada para el calor que hacía, corbata que se ceñía a su cuello como soga de ahorcado, y camisa que adiviné empapada de transpiración. Imaginé a su mamaíta recomendándole que se tapara bien, no se fuese a resfriar, que hasta el cuarenta de mayo no hay que quitarse el sayo. Y ahí estaba su hijito, tan obediente, cargando con el sayo y sudando la gota gorda.

También me pareció muy parado. Tan parado que Sibila tuvo que repetirle tres veces el saludo: «Buenas tardes, señor Cano», antes de que él respondiera: «Ah, buenas tardes, oh, ¿cómo sabe mi nombre?, es prodigioso, oh, claro, se lo dije yo mismo por teléfono, oh, qué tonto».

Me hubiera gustado estar a su lado para limpiarle la baba que se le deslizaba por el mentón abajo.

—Pase, por favor.

—¿Qué? Ah.

—Siéntese.

—¿Qué? Ah.

—¿Quiere tomar algo?

—¿Qué? Ah. No. Gracias.

Parecía hipnotizado por los ojos de Sibila. De vez en cuando le miraba las rodillas y suspiraba ruidosamente.

Tomaron asiento a pocos metros de mí. Podía verlos y oír todo lo que dijeran.

—Bueno... ¿Ha venido a verme por algún motivo concreto o para una consulta general?

—No, no —respondió él—. Para consulta general. O sea, por un motivo concreto. Más o menos.

—¿Qué motivo es ese?

—No. Bueno. Por todo en general y por nada en particular. Pero, especialmente, me interesa encontrar una mujer.

Sibila pareció interesada por el tema.

—¿Busca a una mujer concreta?

—No. Bueno, sí. Bueno, no concreta, pero sí una mujer. No sé si me explico.

—A ver. Déjeme leer su mano izquierda.

Adrián Cano continuaba mirando a la bruja de forma obsesiva, yo casi diría que enfermiza. Estaba tan absorto en la contemplación, que le costó trabajo recordar dónde tenía las manos y, una vez localizadas, tardó unos instantes en distinguir la izquierda de la derecha. Sibila se entregó a la lectura muy atenta de aquella extremidad.

—Pues yo veo muchas mujeres —afirmó.

—Yo también veo muchas mujeres. Pero no veo a *mi mujer.*

—Entonces, usted busca a *la mujer.* —Adrián Cano asintió. Sibila continuó leyendo—: Y, sin embargo, debe de haber conocido a muchas mujeres en sus largos viajes...

—¿Mis largos viajes?

—Viajes por países lejanos y exóticos...

—¿Andorra? —sugirió él con suma timidez.

Sibila le echó una ojeada.

—Situaciones extremadamente peligrosas...

Adrián Cano abrió la boca como para hablar, la cerró, y solo se decidió al segundo intento:

—¿Cuando sacamos de Andorra aquellos quesos de contrabando?

Sibila soltó una risita de compromiso.

—Te veo —dijo, tuteándole por sorpresa— inteligente, culto, generoso, con sentido del humor. —Se puso seria, muy profesional—: Pero vamos a concentrarnos y a dejar el buen humor para luego. —Se concentró—. Las guerras de Oriente Medio —dijo—. No te has perdido ni una, en primera línea de fuego.

Ya estaba. A ver qué replicaba ahora Adrián Cano. A ver el ridículo espantoso de la bruja. Me froté las manos. No me hubiera movido de mi observatorio ni aunque se hubiera producido un terremoto.

Adrián Cano repitió el gesto de abrir y cerrar la boca antes de decidirse a hablar, pero en esta ocasión lo hizo tres veces:

—¿Cómo lo sabes? —preguntó por fin.

¿Cómo lo sabes? La pregunta hizo que me tambaleara. O tal vez logró que se tambaleara todo el edificio. En todo caso, ni Sibila ni Adrián se percataron de ello. Continuaban frente a frente, hablando impertérritos, diciendo tonterías. Sibila había levantado la vista de la mano que sostenía entre las suyas como si fuera un objeto sagrado y los dos se miraban de hito en hito.

—¿Cómo lo sabes?

—¿Cómo sabemos los videntes lo que sabemos?

—¿Leyendo los periódicos?

Sibila devolvió la vista a las arrugas que aquel tipejo tenía en la palma de la mano. Adrián se quedó contemplando atentamente su peinado sencillo, pero cuidadísimo, con auténtica veneración. Eso era, literalmente: veneración.

—Veo algo en las antípodas.

—¿En las antípodas?

—Australia.

—¿Australia?

—Un tiburón. —Adrián guardó silencio—. Y tú solo ibas armado con una navaja suiza.

—Eso no vino en los periódicos —dijo él.

Yo estaba jadeando, con la lengua fuera y los ojos a cuadros. No entendía lo que estaba pasando. No quería entender lo que estaba pasando. Pensaba que tal vez estaba sufriendo lo que los psiquiatras llaman una alucinación auditiva. Pero, cuando mis sentidos volvieron a funcionar normalmente, no me resultó muy difícil adivinar lo que estaba ocurriendo. Aquel petimetre se había quedado prendado de Sibila y leía en sus ojazos la admiración que ella sentía por el aventurero que yo *(¡yo!)* me había inventado. Leía mejor él en los ojazos de ella que ella en la mano de él. Y el muy sinvergüenza había decidido aprovecharse de la situación. ¡Estaba utilizando *MI* argumento para *ligársela*! ¡Y se la estaba ligando, ya lo creo que sí, no había más que ver cómo hacían manitas, el arrobo con que ella le hablaba, aquellas caídas de ojos, aquellas sonrisas, tantos piropos y tanta pamema! ¡Debería denunciar por plagio al sujeto aquel!

O sea, que adivina y cliente se estaban comportando como dos adolescentes que acabaran de descubrir el primer amor. No había visto sonrisas tan empalagosas ni en el parvulario, ni cuando me miraba al espejo, mientras bebía los vientos por Carmen Ruano. Sonrisas que daban hasta vergüenza ajena.

Pero no iba a terminar ahí la cosa. Estaba yo ya asqueado, a punto de abandonar mi puesto de observación de golpe, cuando Sibila dijo de pronto:

—... Creo que eres el único que puede acabar con la batalla campal que hay en este barrio.

—¿Yo? —repuso Adrián, ocultando el sobresalto tras un tonillo irónico que significaba: «Eso se lo dirás a todos».

—Sí. Verás... ¿Tú sabes cómo empezó todo?

—He oído que un gitano mató a un payo. ¿No es así?

—No. Lo cierto es que mataron a un payo llamado Sebastián Herrera, un *malaje* amargado que siempre se metía con los gitanos. Pero no lo mató un gitano.

—¿No?

—No. Yo sé..., sé de buena tinta... —¡y, con sus titubeos, daba a entender que lo sabía gracias a sus poderes paranormales, la tía fantasma!—, que el asesino continúa en libertad. Y trabaja en ese *music-hall* que se llama *La Rive Gauche.*

¡Eeeeh! ¡Yo nunca le había dicho que el asesino trabajase allí! Johnny Flanagan saltaba de indignación en su escondite. Aquella muchacha, empeñada en deslumbrar a su cliente para obtener su ayuda, estaba utilizando de manera totalmente irresponsable la información que yo le había proporcionado y resultaba más peligrosa que un mono jugueteando con una granada.

—*¿La Rive Gauche?*

—Sí. Tengo entendido que Herrera llevaba entre manos algún negocio sucio y allí tenía su cuartel general. Seguro que en el *music-hall* encontrarías pruebas de quién lo mató.

Yo pensaba: «*¡¡¡¿¿¿???!!!*», si es que eso se puede pensar.

—¿Crees que el dueño del local está involucrado en negocios turbios, y que Sebastián Herrera era su cómplice, y que discutieron y el dueño del local asesinó a Sebastián Herrera?

Ella podría haber contestado: «No lo sé», o: «No estoy muy segura». Pero dijo:

—Sí. Me parece que sí.

¿¿Se puede saber por qué dijo «Sí. Me parece que sí»??

Y, después de un silencio trascendental:

—Adrián: ¿Comprendes qué es lo que te estoy pidiendo? —Él deglutió saliva. Ella suplicó—: Si tú pudieras desenmascarar a ese asesino, si demostraras que Reyes Heredia, el gitano acusado injustamente, es inocente..., terminarías con esta batalla campal, con este desastre que está a punto de arruinar nuestro barrio. Solo tú puedes conseguirlo. —Y, sin pausa—: ¿Lo harás?

Yo pensaba a gritos: «*¡Dile que no, dile que no!*». Pero él dijo, claro está, ¿qué iba a decir?:

—Sí, claro. Cuenta conmigo.

—¿Irás esta misma tarde? —Sonreía, ilusionada y tentadora, Sibila—. Es cuestión de vida o muerte. He oído que esta tarde se inician las negociaciones entre el colectivo payo, el colectivo gitano, el alcalde del barrio y el comisario de policía. Si no conseguimos pronto pruebas que demuestren que Reyes Heredia es inocente, los gitanos llevaremos las de perder en esas conversaciones, y la situación puede empeorar. Además, si vas hoy, tendrás mañana una buena excusa para venir a contarme cómo ha ido todo.

—Claro que iré hoy. No podría dormir si dejara pendiente algo así.

En mi escondite, abrí la boca para dibujar en silencio y con los labios las dos sílabas de un popular taco. Mis neuronas corrían de un lado para otro de mi cerebro, frenéticas, histéricas, chocando entre sí, llorando y mesándose los cabellos. No podía permitir que aquel pazguato llegara a *La Rive Gauche* y metiera la pata. Si conseguía llegar hasta don Atilano y le mencionaba a Sebastián Herrera, el energúmeno lo echaría a sus gorilas para que se lo comieran crudo. Y eso, además de provocarme remordimientos de por vida, podría contribuir a que don Atilano se acordara de mí y de mis intempestivas preguntas del día anterior y llegara a la conclusión de que había sido yo el que le había dado la pista al periodista. Y, si don Atilano llegaba a esa conclusión, volvería a llamar a sus amigos *skins* para que acabaran de arrasar definitivamente el bar de mis padres. La ruina.

¡No podía permitir que el periodista llegara a *La Rive Gauche*!

Pero, cuando quise reaccionar, Adrián Cano ya no estaba en el piso de al lado. Sibila se estaba despidiendo de él en el rellano. Corrí hacia la puerta de salida, pero me di cuenta del papelón que representaría abrirla y encontrarme con los dos allí en medio, y di media vuelta y me mordí los puños para no gritar de rabia y estuve bailando sobre un solo pie en medio del piso ajeno, como si me estuviera haciendo pipí encima.

Oí el ascensor que bajaba. La puerta del piso de Sibila al cerrarse. Entonces, salí a escape. Bajé a saltos por unas escaleras que me parecieron interminables. El ascensor fue más rápido que yo.

Cuando llegué a la calle, Adrián Cano ya había avanzado con serenidad hasta el retén de vigilancia y saludaba a todo el mundo con sonrisas y gestos de mano victoriosos. Rafa, Manuel y los suyos lo acompañaban hasta el coche, muy afectuosos. Me detuve en seco, intimidado por aquella presencia inoportuna. ¿Qué podía hacer? ¿Abordar a Cano, el periodista famoso, el investigador que nos iba a sacar las castañas del fuego, y decirle delante de aquel público incondicional: «Señor Cano, tiene usted que abandonar esta investigación»? ¡Me habrían linchado!

Vi de lejos cómo ponía en marcha su flamante Renault Clío y cómo se alejaba del barrio con rugido de brioso motor.

Salí corriendo como un poseso en busca de un taxi. Pero a ver quién es el guapo que encuentra taxi en plena zona catastrófica, donde los lugareños tienen fama de volcar contenedores, quemar coches y tirar piedras. Dirigí mi carrera hacia la Gran Avenida que estaban construyendo junto al cementerio, pensando que allí sería más fácil encontrar taxi, y en eso también me equivoqué.

Entretanto, Adrián Cano galopaba sobre su Renault Clío deslumbrante hacia su nueva vida. Había interpretado la petición de Sibila como una prueba que le era impuesta para ganarse una existencia más libre, más gratificante, más plena. Estaba convencido de que, si desenmascaraba al asesino de Sebastián Herrera, automáticamente se vería ascendido de categoría en el periódico y conseguiría el amor eterno de Sibila.

Sin dejar de pensar en ello, a mitad de camino, se detuvo, entró en un bar, telefoneó a la redacción y preguntó por el encargado de la sección de espectáculos. Le preguntó:

—¿Tú conoces al dueño de *La Rive Gauche*?

—Pues claro. Quién no le conoce. Don Atilano Cañas.

—¿Qué sabes de él?

—Rumores. Leyendas. Se cuenta que, hace unos diez o quince años, trabajaba en el Banco Mediterráneo y se abrió con un desfalco de los sonados. Pongamos cien millones de las antiguas pesetas. Se fue a Sudamérica. Cuando llevaba gastados ya pongamos que sesenta millones, cansado de vivir como un rajá, regresó a España. Y regresó al Banco Mediterráneo y puso encima de la mesa los cuarenta millones que le habían sobrado. Dijo: «Ustedes pueden hacer dos cosas: denunciarme y yo voy a la cárcel y no recuperarán jamás los sesenta millones que faltan; o bien, me dan estos cuarenta millones que tengo aquí, monto un negocio y, con los beneficios del negocio, les voy devolviendo lo que me he gastado». Y dicho y hecho. Dicen que, con aquellos cuarenta millones, se montó *La Rive Gauche.* Eso es lo que se cuenta de don Atilano Cañas. Rumores. Mitos. Leyendas.

—¿Y te parece que, como persona, es violento?

—Dicen que el año pasado una de sus primeras vedettes lo denunció por agresión. Al parecer, ella fue a pedirle aumento de sueldo, él se lo negó, discutieron y él dijo: «No vas a bailar en el resto de tu vida», y le partió las dos piernas. Luego, en el juicio, la vedette se retractó y dijo que se había roto las piernas al caer por una escalera. No dijo quién la había empujado.

—Bien. Ejem. Glups. Gracias.

A Adrián le temblaban las piernas. Pero, claro, si la prueba hubiera podido hacerla cualquiera, si don Atilano Cañas fuera un manso corderillo, ¿dónde estaría el mérito? Así que Adrián pidió un par de copas de coñac, porque era de esas personas que creen que el alcohol da valor. Dice mi padre (que de eso entiende un rato porque tiene un bar) que el alcohol no da valor, sino imprudencia, que es algo muy distinto, como en seguida se podrá comprobar.

Adrián Cano llegó a *La Rive Gauche* justo cuando el local abría al público de las ocho y, para entonces, ya se había animado con cuatro copas de coñac. Compró la entrada a mi vecina morena y envejecida y entró a la sala con paso vacilante y la expresión un poco ida. Ocupó uno de los veladores de atrás y al camarero que lo atendió le pidió otro coñac. Le brillaban los ojos y miraba a su alrededor con sonrisita idiota. La verdad es que se creía el amo del mundo, capaz de cualquier heroicidad.

Le sirvieron el coñac. Se bebió la mitad, y en seguida se apagaron las luces de la sala y comenzó el espectáculo. Arriba el telón, y el escenario se llenó de luces que hacían guiños, y chorros de humo de colores que trazaban rúbricas aquí y allá, y mujeres que lucían plumas y cuerpos, y música y baile. Adrián se bebió el resto de la copa, se puso en pie y avanzó entre sillas y mesas con un objetivo concreto, pero no en línea recta.

El rótulo luminoso que anunciaba «Servicios»le sirvió de faro. Al trasponer la puerta, se encontró en un recinto pequeño con otras cuatro puertas. Las dos de enfrente ostentaban los signos convencionales equivalentes a «Señoras» y «Caballeros». La puerta de la derecha no tenía inscripción, pero estaba orientada hacia el guardarropa y el vestíbulo. En la puerta de la izquierda podía leerse «Dirección. Prohibido el Paso».

Adrián solucionó sus necesidades fisiológicas y, al salir de nuevo al recinto de las cuatro puertas, la vista se le fue hacia el cartel de «Dirección. Prohibido el Paso». Se dijo que tenía que ponerse en acción, que había ido al *music-hall* a desenmascarar a un asesino y todavía no había hecho nada. Ni siquiera se había trazado un plan.

No se oían voces. No había peligro. Si alguien le llamaba la atención, diría que se había equivocado, que estaba buscando los servicios.

Empujó la puerta. Daba a un despacho amplio, con dos escritorios ocupados por teclados y pantallas de ordenador. Archivadores metálicos, mesitas auxiliares, orden impecable. Cabía suponer que allí trabajaban administrativos y contables únicamente por las mañanas. Al fondo, unas escaleras subían quién sabe a qué alturas.

Adrián ocupó una de las sillas giratorias frente a uno de los ordenadores. Había muchos aparatos como aquellos en la redacción del periódico y tenía una idea aproximada de cómo funcionaban. Localizó un interruptor y lo accionó. Sonó un «clac» demasiado sonoro que le hizo mirar a la puerta esperando que alguien entrara por ella. La pantalla titiló, le informó de las características del aparato y emitió pitidos diversos, lo que aumentó notablemente su sensación de alarma.

Alguien dijo, al otro lado de la puerta:

—¡Búscame a Dionisio, Elisa! ¡Dile que venga a mi despacho!

Era el vozarrón de un hombre iracundo que se aproximaba pisando fuerte. Alguien que había salido recientemente de aquel despacho y había dejado la puerta abierta por un instante, y ahora regresaba a sus labores.

Adrián se tiró de rodillas al suelo. Oculto tras la mesa, oyó cómo se abría la puerta. Alguien se disponía a entrar, pero una voz femenina le llamó la atención: «¡Don Atilano, don Atilano!». Lo que significaba que el vozarrón pertenecía al sujeto que rompía las piernas a las vedettes que le pedían aumento de sueldo y que, probablemente, había asesinado a Sebastián Herrera. A gatas, Adrián buscó refugio tras la otra mesa, más próxima a las escaleras que le abrían una esperanza de fuga hacia lo alto. Decía la voz femenina:

—Que Dionisio está aparcando el coche de un cliente. Que en seguida viene.

Adrián atisbó por encima del borde de la mesa. La puerta estaba entreabierta y se perfilaba en el resquicio el hombro de un tipo muy alto, vestido de azul marino, que hablaba con alguien que estaba fuera. Adrián se incorporó y subió uno, dos, tres, cuatro, cinco escalones. En lo alto de la escalera reinaba la oscuridad y se oía mejor la música del espectáculo. El vozarrón entró en las oficinas.

—¿Qué hace este ordenador encendido? ¡Elisa! ¿Quién ha encendido este ordenador? ¿Tú? ¡Hace un momento que he pasado por aquí y estaba apagado! ¿Quién lo ha encendido?

Respondió la vocecita femenina, quejicosa:

—Ay, yo qué sé. Si yo no sé ni cómo funciona eso.

Conteniendo la respiración, moviéndose milímetro a milímetro, Adrián llegó al último peldaño de la escalera. Se encontró en un pasillo oscuro que olía a moho, a pintura, a barniz y a muchas más cosas que, mezcladas, resultaban repelentes. Apenas llegaba un poco de luz de abajo y del fondo, donde el pasillo formaba un recodo.

A la luz del encendedor, Adrián localizó una puerta donde ponía otra vez «Dirección», aunque no añadía que estuviera prohibido el paso. Estaba a punto de abrirla y esconderse en su interior cuando el vozarrón repitió:

—¡Bueno, pues le dices a Dionisio que Luis y yo estamos en mi despacho!

La afirmación encendió luces intermitentes y multicolores en el cerebro entorpecido de Adrián. «En mi despacho» debía de significar (y, de hecho, significaba) en *aquel despacho.* Mientras bisbiseaba su pánico en una melopea inaudible, «ay, ahora, y yo qué hago, ay, que vienen», Adrián buscó refugio en la segunda puerta del pasillo, que no se abrió, y probó con la tercera mientras los pasos firmes de dos hombres corpulentos subían las escaleras. Se abrió la tercera puerta y se encontró en aquella enorme estancia donde yo había estado trasteando el día anterior. Decorados hechos pedazos, árboles de cartón piedra, lanzas medievales, rayos de porespán envueltos en papel de aluminio, escobas, alfombras enrolladas, máscaras de cabezudos descascarilladas, piezas de mecanotubo, botes de pintura verde.

Todavía no se había encerrado del todo cuando oyó que las enérgicas pisadas llegaban al pasillo. Y el ruido de la manija de la puerta del despacho cuando Atilano la accionó. Entonces cerró Adrián la puerta del almacén, *cataclac,* no lo pudo evitar, y los pasos se detuvieron y los vozarrones callaron, y un viento helado secó la boca del periodista y congeló sus pulmones. Retrocedió a tientas, consciente de que unos ojos suspicaces estaban fijos en la misma puerta que él contemplaba con pavor desde el otro lado. El encendedor Bic le permitió localizar, a su lado, una gran cabezota de cartón piedra que representaba a una especie de sapo gigantesco.

No lo dudó ni un instante: se colocó aquella máscara, que se le hundió hasta más abajo de los hombros. Se puso en cuclillas y pegó la espalda a la pared. Pasaron unos instantes de silencio. Al parecer, don Atilano Cañas no se animaba a irrumpir en el almacén gritando: «¿Quién anda ahí?». A Adrián se le cansaban las piernas y empezaba a sentirse ridículo, con aquella cabeza de sapo gigante y agachado en la oscuridad. No le parecía que aquel fuera el método idóneo para investigar un asesinato. Y, sobre todo, no era el sistema más digno.

De manera que, pasados unos segundos, se irguió y probó a quitarse la cabezota. No lo consiguió al primer intento. La maldita máscara se le había incrustado casi hasta los codos y le impedía mover los brazos. También fracasó en su segundo intento de quitársela. El tercer intento ya consistió en girar sobre sí mismo, como una peonza, asfixiado por la claustrofobia, el pánico y la borrachera que llevaba.

No oyó el taconeo femenino, ni la voz cantarina de una mujer que anunciaba que iba a buscar algo.

—... Pues no te creas que me gusta mirar ahí dentro —decía la chica—, porque debe de haber unas ratas que *pa* qué.

No sé si había ratas. Lo que aquella muchacha se encontró, en todo caso, fue una especie de sapo gigante que daba vueltas sobre sí mismo y emitía bufidos de exasperación.

La bailarina chilló. Consiguió imitar bastante bien el sonido de una locomotora antes de desaparecer dentro de un túnel. Fue un chillido tan penetrante y ensordecedor que interrumpió el espectáculo de abajo, y don Atilano y un gorila llamado Luis salieron precipitadamente al pasillo cerrando los puños, decididos a defender lo que hiciera falta y como hiciera falta.

Todos se abalanzaron sobre el pobre Adrián transformado en sapo, que al fin se decidió a pedir socorro a gritos.

Suerte tuvo de que yo estaba allí para echarle una mano.

9

Aquí faltan veinte mil euros

Encontré el taxi un par de quilómetros más allá de los límites del barrio, cuando ya me había resignado a llegar hasta *La Rive Gauche* en plan corredor de fondo. Me lancé a por él como los galgos corren tras la liebre, y la diferencia que hay entre un galgo y yo es que yo cogí el taxi. Por suerte, llevaba en mi mochila buena parte del dinero conseguido gracias a mis trabajos con Sibila. De manera que me introduje en el vehículo y grité:

—¡Lléveme a *La Rive Gauche*!

El hombre se desperezó, sacó parsimoniosamente una guía de calles y la hojeó distraídamente.

—Vamos a ver... Sí... *La Rive Gauche.* Eso es un *music-hall,* ¿verdad? ¿Por dónde queda?

—Vaya a la carretera de Esplugues. Yo le indicaré.

—Bien. Estupendo. ¿Por dónde pasamos? ¿Por el centro, por la ronda?

—¡Vaya por donde quiera, pero corra!

—Oye, chaval, a mí no me grites —me advirtió el hombre, todo digno y mosqueado.

Fuimos por la ronda y pillamos un atasco monumental. Yo me consumía dentro del vehículo. Y no dejaba de pensar. En Adrián Cano y en lo que sería capaz de hacer, y en lo que yo debía preguntar a la recepcionista de pelo negro cuando nos viéramos las caras. Planeaba también la manera de entrar en el *music-hall.* Aquel día, ni siquiera llevaba esmoquin.

—Pare delante del próximo bar que vea —ordené, ansioso, al conductor—. Por favor.

Me pareció que el hombre me estaba mirando como se suele mirar a un gorila cuando está dedicando todas sus fuerzas a doblar los barrotes de la jaula. Pero me hizo caso, y se detuvo ante un bar. Salté del coche y me metí en el interior del establecimiento, olvidando momentáneamente que la mayoría de los taxistas hacen su trabajo por dinero. Él gritó y vino tras de mí. Cuando me alcanzó, yo estaba pidiéndole al camarero una caja de cervezas.

—Oye, ¿qué edad tienes tú?

—Coca-Colas. Quería decir una caja de Coca-Colas, con caja y todo.

—Oye, chaval —me increpó el taxista—. ¡En mi gremio es costumbre que los clientes paguen el viaje!

—Perdone, pero todavía no hemos llegado a *La Rive Gauche.*

Me miró atravesado.

—¿Se puede saber qué estás tramando?

—No estoy tramando nada. Es que tengo sed. ¿Me puede usted ayudar a cargar la caja de Cocas hasta el coche?

Con la mirada me dio a entender que le gustaría ponerme la caja de Cocas por sombrero. Entendí la indirecta, pagué las Coca-Colas a precio de Ritz y la caja de plástico como si estuviera chapada en oro y la cargué yo solito hasta el taxi. Reanudamos nuestra travesía. Le pedí al taxista que se detuviera unos cien metros antes de llegar a nuestro punto de destino. No dijo nada, pero me miró. No me perdía de vista. Le pagué una cantidad astronómica y, con la caja cargada a la espalda, me dirigí resueltamente hacia la sala de fiestas.

El reloj era lo único que me consolaba. Eran las siete y media y la sesión en el *music-hall* no empezaba hasta las ocho. Con un poco de suerte, estaría cerrado y encontraría a mi periodista esperando en la puerta.

Pero me encontré con que *La Rive Gauche* ya había abierto. O, al menos, había abierto el portón lateral, que continuaba custodiado por el vigilante burdo y chabacano. Antes de acercarme a él, me alboroté bien el pelo, que el día anterior llevaba planchado y pringoso de brillantina, me ensucié la cara con tierra y recé una breve oración pidiendo que el patán no fuera muy fisonomista. Me acerqué a él con todo el desparpajo del mundo, cojeando un poco, y me planté ante sus narices. Dejé la caja de refrescos en el suelo e hice mi jugada:

—Han pedido esto para la barra. Se lo dejo aquí.

Di media vuelta, confiando en mi farol, y el farol no me falló.

—¡Eh, chaval! —me llamó el portero—. ¿Qué es eso de que «se lo dejo aquí»? ¿Qué te crees? ¿Que lo voy a meter yo?

—A mí me han dicho que llevara la caja a *La Rive Gauche,* y esto es *La Rive Gauche,* ¿no? —contraataqué.

—Te han dicho a la barra de *La Rive Gauche,* y esto es la puerta, chaval. O lo metes, o te lo llevas y le das tú las explicaciones que hagan falta a tu jefe. ¡Pues estaríamos buenos!

Cargué de nuevo la caja sobre el hombro y entré refunfuñando audiblemente y pensando para mí que siempre hay que contar con que la gente te llevará la contraria. Si hubiera pretendido entrar con la caja, el portero grosero seguramente me habría puesto impedimentos.

Utilizando la caja sobre un hombro como parapeto para ocultar el rostro, me introduje en la magia del ambiente entre bastidores que había conocido el día anterior. Para llegar a la puerta que comunicaba con la sala, tenía que pasar por delante de las escaleras que subían a los camerinos, y entonces tuve una inspiración genial. Pensé en la bella Elena, y ese pensamiento hizo que me olvidara casi inmediatamente de Adrián Cano.

Dejé la caja de Coca-Colas en el suelo y subí hasta el balcón corrido. En el primer camerino, como esperaba, encontré a la bella Elena. Estaba en paños menores, pero no parecía importarle, y si a ella no le importaba, a mí tampoco. Golpeé con los nudillos en la puerta abierta y puse cara de admirador que trae un ramo de flores. Se me había olvidado el ramo de flores.

—¿Elena?

Me miró y formó una «o» deliciosa con los labios al fijarse en los cortes y hematomas que decoraban mi rostro.

—¿Qué te ha pasado en la cara? —lo primero que preguntó. Hay que ver cómo se preocupaba por mí.

—Nada de particular. Es el acné. A mi edad, ya se sabe. ¿Y a ti? ¿Qué te pasa en la cara?

—¿A mí?

—Cuando te la vi ayer, me pareció que no podía ser más bonita, y hoy veo que me equivoqué. —¡Toma ya, Flanagan en funciones!—. ¿Qué te has hecho?

Sonrió de aquella manera que provocaba deseos de saltar y bailar y volverse un poco loco. Yo interpreté el gesto de simpatía como una bienvenida y me llevé un dedo a los labios para pedirle silencio y complicidad, me metí en el camerino y me tomé la libertad de cerrar la puerta. Ella continuaba observándome muy divertida.

—Tú no eres el sobrino de Mandrake —dijo, admirada, en un susurro clandestino. Yo sonreí a mi vez y me encogí de hombros con modestia, como si no ser el sobrino de Mandrake fuera un mérito o una virtud—. Fuiste tú el que puso el cubo de pintura para que él lo pisara, ¿verdad? —Asentí, cada vez más modesto, y nos reímos como ratitas, tapándonos la boca con la mano, ji, ji, ji—. ¿Y qué haces aquí? ¿Qué buscas?

—Pues no te lo vas a creer, pero estoy investigando un asesinato.

—¿Un asesinato?

Busqué en mi mochila el recorte de periódico donde venía la foto de Sebastián Herrera, pero no lo encontré, claro. Se había quedado con él Atila el día anterior. Aquello dificultaba las cosas.

—Sí. Verás... —empecé.

—¿Te importa que me continúe vistiendo mientras hablas? Dentro de nada me van a llamar a escena.

—¡No, claro que no! —aullé. Me senté en una silla, puse las manos sobre las rodillas, muy modosito yo, erguí el cuerpo y encendí unos ojos como faros.

Ella desplegó un biombo y se colocó detrás para cambiarse de ropa. Eso enfrió un poco el ambiente de la habitación y me provocó un asomo de depresión, pero la chica no me pareció mezquina. Tenía todo el derecho a ocultarse, si quería. Bueno, resignado, le conté lo que estaba haciendo allí. Un hombre había estado en aquel local el miércoles pasado y, por la noche, o a la mañana siguiente, le pegaron cuatro tiros. Yo quería saber qué relación podía tener aquel tipo con *La Rive Gauche* y con don Atilano el Bárbaro.

—¿El miércoles? —preguntó ella, asomando su carita deliciosa por encima del biombo. Repitió, reflexiva—: ¿El miércoles pasado? —Y, en seguida, recordando algo—: El miércoles pasado... —Y al fin, al mismo tiempo que salía de detrás del biombo, con todo el esplendor de las dos estrellitas colocadas estratégicamente, tan guapa que casi me caigo de la silla—: El miércoles pasado ocurrió algo raro, sí. —En aquellos momentos, unos timbrazos reclamaban a los actores a escena. Hice un gesto de contrariedad—. No te preocupes —dijo—: no salgo en el primer número. A ver, déjame pensar... El miércoles, llegué tarde. Fue el día en que llegué tarde. Y don Atilano me llamó a su despacho para reñirme, como siempre... Y estaba yo en su despacho cuando ocurrió un buen follón abajo. Atila me dijo: «Espera aquí, que voy a ver qué pasa», y se fue. Y volvió al cabo de un rato acompañado de Elisa, la chica del guardarropa, y de un individuo mayor, mal vestido, de aspecto miserable...

—¡Ese debía de ser Sebastián Herrera!

—Pues a lo mejor sí. Llevaba un maletín.

—¿Y qué pasó?

—Me echaron del despacho, claro. Pero pude oír que hablaban de dinero.

—¿De dinero?

—Aquel señor decía que alguien de la empresa le había robado dinero. Que le habían robado veinte mil euros de aquel maletín.

—¿Y Atila qué le decía?

—Que no. Que él no sabía nada. Que él no entendía nada de lo que le decía.

—¿Y te parecía sincero?

—La verdad es que sí. Entonces yo, que soy un poco cotilla, bajé por esa escalera y me encontré abajo, en las oficinas, a uno de los empleados del bar, un tal Vicente, que es un pedazo de pan. Y le pregunté: «¿Qué pasa?», y me contó lo que había ocurrido.

—¿Y qué había ocurrido?

—Que, cuando acababa de empezar la función de tarde, el hombre miserable salió del local y le dio un resguardo a Elisa, la chica del guardarropa, para recoger algo que estaba depositado allí. El resguardo correspondía al maletín. Una vez que lo tuvo, el hombre se fue con él a los lavabos. Minutos después regresaba hecho una furia y exigiendo la presencia del dueño y diciendo que le habían quitado veinte mil euros del maletín. La cosa se complicó porque los vigilantes de la entrada aseguraban que el tipo no había entrado con ningún maletín en la sala y les extrañaba que tuviera un resguardo de una cosa que no llevaba cuando entró. Te puedes imaginar el follón, ¿no?

—Sí —musité, mientras me obligaba a pensar para poner en orden aquel cúmulo de datos. La vocecita interna de mi intuición me decía que cada vez me encontraba más cerca de la solución del caso. Abajo había dado comienzo el espectáculo y la charanga ponía música bullanguera a mi entusiasmo—. ¿El maletín era uno de esos duros, que dicen en los anuncios que no los aplasta ni un camión? —pregunté, utilizando las mismas palabras de Juana Romero, mi testigo.

—Sí —se maravilló mi admirada—. ¿Cómo lo sabes?

Guardé silencio. Yo mismo estaba maravillado por la coincidencia. Significaba que yo tenía razón. Que el tío del tupé, conductor de *chopper,* el asesino, había ido a casa de

Herrera para recuperar el maletín y los documentos comprometedores.

—Pues no terminó ahí la cosa —continuó Elena, ilusionada al ver la forma como me impresionaba su relato. (No me puedo imaginar lo contenta que se habría puesto de haber sabido cuánto me impresionaba su sola presencia)—. Como comprenderás, para ir a escena, tenía que pasar por delante del despacho de Atila. Entonces oí que sonaba el teléfono. Me paré a escuchar. Atila atendió la llamada y le oí decir: «Sí, aquí está», o sea, como refiriéndose al hombre tronado. Y luego: «¿El maletín es suyo?». Bueno, que me pareció entender que un hombre había dejado el maletín en el guardarropa y luego le había entregado el resguardo al hombre tronado para que lo recogiera. Dijo Atila: «Quieren hablar con usted». El hombre miserable se puso al aparato. «¡En este maletín faltan veinte mil euros!», gritó. Pero el otro se ve que lo hizo callar. Hubo unos instantes de silencio, y el hombre miserable salió del despacho de Atila muy compungido, cabizbajo, alicaído, como si le acabaran de dar una pésima noticia. Y se fue. Y ya está.

Yo empezaba a ver la luz. Supongo que se me notaba en los ojos porque Elena preguntó en seguida:

—¿Tú entiendes algo?

—Claro —dije—. Que don Atilano no tiene nada que ver en este asunto.

Pero no pude explicárselo mejor porque, en ese momento, llegó a nuestros oídos el chillido penetrante de una corista que acababa de encontrarse con un sapo gigantesco y bailarín en el almacén. Un chillido que hizo vibrar todos los cristales, que paralizó el espectáculo por unos instantes y que me recordó de repente lo que yo había ido a hacer allí.

Salí a la balconada. No vi a nadie en ella. Todos los actores estaban abajo, en escena o entre bastidores. Corría al fondo y, en el pasillo, me encontré a una corista histérica, a don Atilano y a sus dos energúmenos, todos forcejeando con un batracio gigante y convulso. Lo habían agarrado entre todos y se lo llevaban hacia el fondo.

Mi intuición prodigiosa y la chaqueta de cuadros que asomaba bajo la máscara de cartón piedra me dijeron que el cabezudo no podía ser otro que Adrián Cano. Y solo podía hacer una cosa para salvarlo:

Agarré aquella especie de extintor de fabricación casera que tanto me había fascinado el día anterior, dirigí su manguera terminada en trompetilla hacia el fondo del pasillo y accioné la palanca roja. Aquel artefacto se puso a escupir un humo amarillo y denso que llenó el pasillo inmediatamente. Se formó una niebla casi sólida, llena de gritos y toses y maldiciones. Yo penetré en la niebla con una mano tapándome la boca, y buscando a tientas con la otra algo que se pareciera a una máscara gigante de cartón piedra.

La encontré en el suelo, entre piernas y brazos torpes que pegaban a ciegas. El que estaba saliendo de aquel engendro tenía que ser el periodista farsante. Tiré de él. Se resistió pataleando.

—¡Ven conmigo, Adrián Cano! —vociferé.

Oír su nombre en medio de aquella barahúnda debió de parecerle milagroso, porque me siguió dócilmente. Salimos disparados del pasillo a la balconada, llevando con nosotros jirones de niebla amarilla. Los energúmenos habían iniciado su huida hacia el otro extremo del corredor, donde estaban las escaleras que bajaban a las oficinas, y se sorprendieron al percatarse de nuestra fuga en dirección contraria. Nos situamos sobre el escenario mucho antes de que ellos salieran de la nube ictérica.

Dicen los americanos que el show no debe detenerse nunca, que el show siempre debe continuar, y el director de aquella función lo había aprendido todo de los americanos. De manera que la interrupción en escena había durado apenas un instante. El director en seguida cuadró a su elenco con dos palmadas, y continuó la música y el baile y los malabarismos y contorsionismos de los artistas. Y el gran brazo hidráulico de la tramoya elevó hasta la balconada aquello que parecía un platillo volante, y la vedette fondona se dispuso a montar en él para descender a escena con todos los honores.

Puso primero un piececito en la frágil estructura, «que un día de estos se viene abajo y me mato». Luego, el otro piececito, y compuso el gesto triunfal. La música alcanzó su apoteosis, los bailarines se volvieron hacia el fondo del escenario, se levantó un segundo telón descubriendo un decorado nuevo y majestuoso…

… Y, en ese momento, llegamos corriendo Adrián y yo, y saltamos al platillo volante, junto a la vedette. Apenas tuve tiempo de despedirme de Elena con un guiño simpático. El brazo hidráulico era capaz de sostener hasta cien quilos: por eso se tambaleaba ya bajo la presencia de la vedette voluminosa. Con nuestra colaboración, el platillo volante que debía bajar lenta y solemnemente se vio obligado a un aterrizaje forzoso y violento. Le vencimos el pulso a la máquina, y vedette, Adrián y yo nos encontramos rodando por el escenario entre fragmentos de OVNI. Triunfamos. El público se reía y aplaudía con delirio.

Pero Adrián y yo no nos quedamos a saludar. Salimos a toda prisa entre bastidores. Yo le guiaba de la mano y él me seguía balbuceando «pero qué, pero qué, pero qué». Desde que había sacado la cabeza del sapo gigante, lo único que había comprendido era el trompazo que nos acabábamos de dar. Lo demás era un misterio vertiginoso e inescrutable para él.

Salimos corriendo al aparcamiento. El vigilante burdo y grosero gritó: «¡Eh, ustedes!».

—¿Tienes coche? —pregunté a Adrián.

—¡Ese de ahí! —dijo, señalando su Renault Clío de matrícula reciente.

—¡Vámonos, de prisa, por lo que más quieras!

Tardó siglos en sacar las llaves y en abrir la puerta. Tardamos centésimas de segundo en meternos en el vehículo. Luego, otros cuantos siglos y siglos mientras acertaba con la llave en la cerradura del motor de arranque, mientras nos poníamos en marcha y salíamos a no sé cuántos por hora, directos contra Atilano y compañía, que tuvieron que saltar a un lado para evitar que los atropelláramos.

Me despedí mentalmente, con tristeza, de la bella Elena. Bah, después de todo, nuestro amor era imposible. Otro amor imposible. Qué le vamos a hacer. Me habría gustado decirle: «Puedes llamarme Flanagan». Pero ya era demasiado tarde.

—¿Me puedes explicar qué, quién, cómo, qué, cuándo...? —estaba gritando Adrián Cano, un poco desquiciado.

—Tranquilo, amigo —dije—. Pasó el peligro.

—¿Qué ha pasado? —Oí jadear a Adrián a mi lado—. ¿Quién eres?

—Soy el espíritu que le ha contado a Sibila la historia de tu vida —dije.

Juro que no quería asustarle. No sé qué fue lo que le asustó, si la palabra «espíritu» o la perspectiva de que yo le hubiera contado a Sibila la *auténtica historia de su vida.* El caso es que dio un respingo y se quedó completamente lívido. Solo se relajó cuando sonreí para demostrarle que quería que fuéramos amigos.

—¿Cómo, cómo, cómo? —dijo—. ¿Cómo, cómo, cómo?

—Me llamo Flanagan.

—¿Cómo?

—Llámame Flanagan —le ordené—. Llévame al barrio de Sibila. Vivo allí. —Y, tras una pausa—: Te gusta Sibila, ¿verdad?

—¡Sí, sí! —confesó—. ¡Claro que me gusta Sibila! ¡Sibila es, Sibila es...! —Buscaba palabras grandilocuentes, adjetivos inflamados, superlativos definitivos, pero su cerebro no estaba para esos trotes.

—Y tú le gustas a ella —le corté implacablemente—. Y le seguirás gustando mientras te siga creyendo un héroe. Si averigua la verdad, la perderás.

El rostro de Adrián reflejó toda la desolación del mundo. «No puedo perderla —parecía decir—. Si la pierdo, las rosas de todos los jardines del mundo se marchitarán, el aire olerá a azufre, los violines chirriarán cuando los mejores violinistas intenten arrancarles una melodía, y un invierno persistente, lúgubre y devastador caerá sobre el universo entero». O algo por el estilo.

—Sí —murmuró—. Bien. Bueno. Pero…

Podía ser un poco corto, pero no tanto como para no comprender que estaba siendo víctima de una vil extorsión.

—¿Qué desaguisados has estado haciendo ahí dentro? —le pregunté.

Él me contó sus aventuras de cabo a rabo. Cómo había salido de su casa aquella mañana convencido de que su vida iba a cambiar, cómo se enamoró de Sibila en cuanto la vio, cómo aceptó la misión que ella le encomendaba, cómo se metió en una máscara de sapo gigante. (Dejo esto claro para satisfacer a los quisquillosos que se han pasado todo el capítulo anterior protestando que yo contaba cosas que no podía saber).

—Está bien. —Ahora me tocaba a mí—: Escucha atentamente.

Le tuve entretenido durante veinte minutos de reloj con un resumen de mis hazañas. Mi trato con Sibila. La estafa de Sibila. Mi venganza. Todo lo que sabía sobre el asesinato de Sebastián Herrera.

—Al hombre miserable, que sin duda era Herrera, le dan un resguardo del guardarropa de un *music-hall* para que recoja un maletín que se supone lleno de dinero. Una forma muy complicada de pagar deudas. ¿Qué te hace pensar eso?

—No sé —dijo Cano, como yo esperaba.

—Chantaje. Sebastián Herrera sabía algo malo de alguien y cobraba de forma complicada, como suelen hacer los chantajistas, para no tener contacto con el pagano. Pero, al retirar el maletín, echó de menos tres millones. Ya no se podía comprar el Volvo ni el Ferrari Testarossa. Lástima. ¿Qué te hace pensar eso?

—Que no le pagaron lo que pidió.

—Premio. Y él monta un zipizape de no te menees, acusando a la gente del *music-hall* y todo. Primero piensa que sí le han dado lo que había pedido, pero que los del *music-hall* le han abierto el maletín y le han birlado una parte. Hasta que telefonea alguien y le hace callar. O sea...

—¿O sea..?

—O sea, que Sebastián Herrera era un pobre desgraciado que se atrevió a desafiar a alguien muy poderoso.

—Pero, si lo hicieron callar tan fácilmente, ¿por qué lo matarían?

—Buena pregunta. Supongo que lo pensaron mejor. Tenían que apoderarse de las fotos, o los documentos comprometedores, o lo que sea que tuviera Herrera y que sirviera para hacer el chantaje.

—¡Bien! —celebró Adrián, admirándome. (Buen chico, en el fondo, aquel periodista).

—Y, si el señor Atilano no estaba metido en todo este fregado, ¿quién crees que había llevado el maletín al guardarropa?

—¿Quién?

—Elisa. La chica del guardarropa. Fue ella en persona quien me echó encima a los *skins* y no don Atilano, como siempre había pensado.

—¡Bien! —repitió Adrián, feliz de ver las cosas tan claras. Pero, automáticamente, se esfumó su alegría. Habíamos llegado al final de la Gran Avenida, estábamos junto a las tapias del cementerio, y después de aquel «¡bien!» tan entusiasta no parecía que hubiera nada más que añadir. Por eso añadió—: ¿Y ahora qué hacemos?

Yo me sentía especialmente brillante aquel día. Mi intuición funcionaba a ciento cincuenta por hora. De entre los múltiples bártulos que cargaba en la mochila (cuaderno microscópico de regalo, bolígrafo Bic Cristal, ganzúa...), seleccioné el montón de papelorios rescatados de la basura de Sebastián Herrera. El programa y las entradas de *La Rive Gauche,* las páginas de la *Guía del Comprador de Coches* y el recorte de periódico amarillento. Elegí el recorte de periódico amarillento. Aquel artículo cuyo titular decía: «MUCHOS TERRENOS DE LA CIUDAD ESTÁN SOMETIDOS A LA LEY DE CENSOS».

—Eres periodista, ¿no? Averíguame qué es esto, por qué lo conservaba Herrera y si puede tener alguna relación con el asesinato. —Y, compadeciéndome un poco de él—: Tal vez todo este asunto acabe suponiéndote un reportaje en primera página.

—Está bien —aceptó, poco convencido—. Mañana, cuando vaya al periódico...

—*Dentro de diez minutos, cuando llegues al periódico* —le corregí con severidad—. Si mañana a las ocho de la mañana no has venido a mi casa con la información, hablaré con Sibila.

Aclarado este punto, me despedí de él y me interné en mi barrio.

Busqué una cabina telefónica y, desde ella, armándome de valor, telefoneé a María Gual.

—¡Hola, sagaz detective! —me saludó.

—¡Hola, socia pizpireta! —le repliqué. Ya he dicho que me sentía inspirado. Al fin me parecía que mi cerebro funcionaba con normalidad (tal vez fuera efecto del costalazo que nos habíamos dado en el platillo volante)—. ¿Has averiguado algo acerca de ese *chopper,* ese tupé y ese conjunto vaquero?

—Sí, señor. Lo sé todo. ¿Me he ganado un beso?

—Algo mejor que eso. Te has ganado un llavero de plástico. Canta, diva.

María Gual soltó una breve pero cantarina carcajada que la hizo especialmente atractiva. Y me contó:

—El propietario del bar Berlín tiene un *chopper,* usa tupé de roquero trasnochado y suele vestir tejanos. Ahora pregúntame: ¿Cómo es posible que un tipo así pueda ofrecer asilo y cervezas a todos los *skins* del barrio? Respuesta: si los *skins* no se hacen esa pregunta, ¿por qué tienes que hacerla tú? Se llama Sirvent y le llaman Mediacerilla.

Yo me había quedado sin habla. Tragué saliva. El recuerdo de los *skins* me hizo pensar en el bar de mi padre. Después de lo sucedido en *La Rive Gauche,* si no hacía nada para impedirlo, volverían los *skins* y arrasarían definitivamente el negocio familiar. Por tanto, tenía que hacer algo para impedirlo. Más claro, el agua.

—¿Estás ahí, cariño? —decía María Gual—. Y, si estás ahí, ¿estás pensando en mí al menos?

—Sí, sí —dije. Y colgué el auricular.

Mientras avanzaba lentamente, cansado y maltrecho, por el barrio oscurecido por una noche enfermiza y barrido por un viento furibundo, se me ocurrió una idea que no tenía nada que envidiar a las que hicieron famosos a los más fanáticos kamikazes. Fue una ocurrencia cuyo único asomo de fundamento era un comentario oído en el bar: «Encima, ese Sirvent está haciendo el negocio del siglo con el follón que se ha armado en el barrio. Abre el bar a las siete de la tarde, no cierra en toda la noche y acaba sirviendo a todos los de las patrullas ciudadanas».

Si Sirvent Mediacerilla estaba en el bar, no podía estar en su casa. Y en su casa sí podía estar, por ejemplo, el maletín resistente a los camiones y todos los papeles que le quitó a Herrera tras el registro de su piso. No parecía mala idea ir a buscar allí las pruebas de su culpabilidad y las explicaciones que me faltaban para completar el rompecabezas. Y, como no parecía mala idea, no me la pude quitar ya de encima. La lógica objeción de cómo iba a entrar en piso ajeno me la sacudí apelando a la estupenda ganzúa que llevaba en la mochila. Si Sirvent era tan pardillo como para poner en su casa una cerradura de tercera categoría, no me costaría nada allanar su domicilio. En cualquiera de los otros mil casos posibles, me quedaría con un palmo de narices. Tampoco sería la primera vez.

Los montones de basura apestaban en las calles, y el viento jugueteaba echando papeles grasientos a la cara de los transeúntes; las patrullas ciudadanas paseaban con sus armas bien visibles, y los furgones de policía se mantenían alejados, «para no provocar». Observé con alarma que, tras los incidentes de la noche anterior, los vecinos más sensatos, los que podían moderar un poco las cosas, habían desaparecido casi por completo de las patrullas, que ahora se componían, sobre todo, de jóvenes y adolescentes, muchos con cintas en la cabeza, marcas de carbón en la cara como las de los jugadores de fútbol americano e indumentarias a lo Rambo. Reconocí a algunos compañeros del instituto.

—¡Eh, Flanagan! ¿Te apuntas?

—¡Anoche cazamos a dos yonquis! ¡Los dejamos para el arrastre!

—¡Vamos, Flanagan! ¡Esto es superguay!

No sé cómo se estarían desarrollando las negociaciones entre los colectivos payo y gitano, pero aquellos chavales asilvestrados no parecían dispuestos a renunciar a su diversión. Se diría que me estaban invitando a una fiesta en la que ellos eran los anfitriones, los dueños del barrio, los representantes de un nuevo orden, absurdo e irracional.

También había cabezas rapadas en las patrullas. *Skins* constituidos en unidades de choque, la vanguardia de la revolución racial y racista, dispuestos a aprovechar la ocasión para armar toda la bronca que pudieran.

Pasear por el barrio era, para mí, tan seguro como hacerlo sobre un campo de minas.

10

La noche es mía

Pasaban unos minutos de las diez de la noche y yo necesitaba un poco más de tiempo para todo lo que me quedaba por hacer.

Me fui a tomar un bocadillo y una Coca-Cola a un bar de la plaza del Mercado, donde no me conocían. A lo largo del día, en aquella zona no se respiraban los aires de guerra que estremecían al transeúnte en el solar de las Barracas. A lo largo del día, las patrullas que montaban guardia ante la boca del metro resultaban inoportunas y desagradables. Pero, en cuanto se ponía el sol, las calles se vaciaban de gente normal y apacible como si alguien hubiera impuesto un toque de queda, y los feroces guerrilleros cazadores de yonquis se convertían en los dueños del cotarro. El propietario del bar me advirtió que el mío era el último bocata que servía y me pidió que lo comiera de prisa.

—¿Puedo telefonear?

—Sí, pero no te entretengas mucho.

—¿Me permite una guía telefónica?

—Sí, pero no te entretengas mucho —repitió, alcanzándome los mamotretos.

—Soy capaz de consultar la guía mucho más de prisa de lo que parece a primera vista —le tranquilicé.

Él se dedicó a poner las sillas encima de las mesas y yo, en el tomo de la L a la Z busqué el apellido Sirvent. No había demasiados en Barcelona, y en mi barrio, solo uno. Vivía en un bloque de pisos del centro, cerca de la plaza del Mercado donde yo me encontraba. Marqué el número y dejé sonar el teléfono hasta que se cortó la línea. Sirvent Mediacerilla no estaba en casa. Probé con otro número del mismo edificio. El dueño del bar me miró de reojo e hizo un chasquido con la lengua para demostrarme su profundo fastidio.

Contestó una señora.

—¿El señor Sirvent? —pregunté.

—No, no es aquí. Se equivoca.

—Oiga, perdone. Es que sé que ese señor vive en ese bloque de casas, pero no recuerdo el piso exacto.

—¿Cómo ha dicho que se llama?

—Sirvent. Es el dueño del bar Berlín.

—Espere. —Oí cómo consultaba con alguien que estaba en el otro extremo del piso—. ¿Tú sabes en qué piso vive Sirvent, el del bar Berlín?

—¡En el séptimo A! —respondió una voz de hombre.

—En el séptimo A —me repitió la señora.

Yo ya tenía mi bolígrafo Bic Cristal a punto y tomé nota de la dirección exacta en el minúsculo cuaderno que había comprado para regalar a Adrián Cano.

—Muchas gracias.

A continuación marqué el número de teléfono de María Gual. El dueño del bar levantó y ladeó la cabeza como un pájaro que ventea el peligro. Se movía a saltitos, como si alguien le hubiera metido un hormiguero en los calzoncillos.

—¿Aló? —respondió María Gual, haciendo bobadas, como de costumbre.

—Otro favor —dije.

—¿Otro? ¡Pero, jefe! ¡Hoy está usted abusando de mí!

—Voy a decir a mis padres que hemos ido a dar una vuelta con tu moto nueva.

—¡Pero, jefe! ¿Y qué van a pensar de nosotros?

—Les diré, por ejemplo, que hemos ido a esa casa que tienen tus padres... ¿Dónde es?

—En Viladrau... ¿Pero quieres hacerles creer que hemos ido dos personas, *en un ciclomotor,* desde Barcelona a Viladrau?

—Bueno... Mis padres no saben que tu moto es un ciclomotor. Les diré que tienes una Honda de quinientos centímetros cúbicos.

—Me gustan más las Kawasaki —protestó—. Son más chulas.

—De acuerdo. —Me estaba impacientando—. Pues una Kawasaki.

—Pero de quinientos centímetros cúbicos, ¿eh? Y pintada de color fucsia, que es más fardón, y...

—¡María! —la corté, exasperado, provocando de paso un buen susto al dueño del bar.

—Está bien. No grites. ¿Dónde estábamos?

—En casa de tus padres, en Viladrau, con tu Kawasaki fucsia. Y, claro, el viaje de vuelta es largo y llegaremos tarde a casa. ¿Me respaldarás si mis padres llaman a tu casa para comprobarlo?

—Claro, jefe. Sé imitar muy bien la voz de mi madre. —La imitó—: No se preocupe, señor Anguera. Yo respondo de la moral de mi hija. Ella sabrá mantener a raya al crápula de Johnny Flanagan.

—Gracias, socia.

Varió la voz para decir, casi amenazar:

—*Johnny...*

—Qué.

—Quedas en deuda conmigo. Y yo nunca he perdonado una deuda.

—Vale. Pásame factura.

—Una cena en la pizzería.

Colgué el auricular. El dueño del bar me miraba. Le di unos mordiscos al bocadillo y unos sorbos a la Coca-Cola hasta que se confió, agarró una escoba y se puso a matar el tiempo trasladando el polvo de aquí para allá. Cuando lo vi más distraído, tomé aire, mucho aire, cantidad de aire, y marqué el número de mi casa con el ánimo fatalista del que se decide a abrir la boca para que el dentista hurgue en ella con su taladro.

—¿Pero todavía no estás? —gritó el dueño desde el fondo del bar—. ¿Pero tú te has creído que esto es la telefónica, o qué?

—Déme un encendedor de esos —le pedí, señalando una ristra de encendedores de colores metidos en un expositor. Preveía que aquella noche iba a moverme en las tinieblas y que no podría ir a casa a buscar mi linterna.

Contestó mi padre. Y, apenas me identifiqué, me desposeyó del uso de la palabra y empezó a abroncarme: ¿Creía yo que las diez de la noche eran horas de estar en la calle, con el follón que había en el barrio? ¿Se me había ocurrido pensar que tenía a mi madre inquieta y preocupadísima? ¿Era consciente de que la estaba matando a disgustos? ¿Sabía que había tenido que tomarse ya dos tilas bien cargadas? ¿Es que me creía que vivía solo en el mundo? ¿Es que me creía que vivía en una pensión? ¿Es que no tenía nunca ninguna consideración con nadie?

—¡... Dentro de tres minutos te quiero en casa, ¿entendido?! —concluyó su discurso.

—Es que no puedo llegar en tres minutos.

—¿¿Dónde estás?? —bramó.

—Por eso te llamaba, papá. Para tranquilizarte. No estoy en el barrio.

—¿¿Dónde estás?? —repitió, con una intensidad varios decibelios mayor.

—En Viladrau —mentí.

Tenía muchas cosas y muy importantes que hacer. Encontrar pruebas para desenmascarar a un asesino, exculpar a un hombre inocente, poner paz en un barrio donde se había declarado la guerra e impedir que los *skins* le pegaran fuego al bar de mi padre. Consideré que eran motivos suficientes para soltar una mentirijilla sin importancia.

—¿En Viladrau? —exclamó mi padre, como si le hubiera dicho Saskatchewan.

El dueño del bar me miró de reojo y murmuró «sinvergüenza» de forma perfectamente audible. Se entregó a la contemplación de la calle a través de la cristalera.

—Sí —decía yo—. En el Montseny. En la montaña. Aire puro, árboles, pajaritos.

—¡Juanito! ¿¿Qué demonios me estás vendiendo??

—No te estoy vendiendo nada, papá. Verás: Te lo explicaré...

—¡Más te vale tener una buena explicación!

—Hemos venido en la moto de María Gual...

—¿En la moto?

—Sí, de María Gual, ya sabes, mi compañera de cole. Su familia tiene una casita aquí...

—¿Quién es María Gual? ¿Esa que siempre va sin casco?

—¡No, no! Va con casco. Precisamente estaba probando el casco que se acaba de comprar.

—¿Y tú?

—¿Yo?

—Ella va con casco, pero tú no, ¿verdad? ¡Claro, no te habrá comprado un casco para ti! ¿Y pensabais volver ahora?

—Claro. Eso te iba a decir. Que llegaré tarde a casa porque salimos ahora...

—¡Ni hablar! ¿Me oyes? ¡Digo que ni hablar del asunto! ¡Te prohíbo que a estas horas de la noche vengáis en moto por esa carretera de curvas y contracurvas y, además, sin casco!

La salida de mi padre me desconcertó. «Un momento, un momento...». ¿Por qué tiene que ser la vida tan difícil?

—Pero, papá, no podemos quedarnos a dormir aquí...

—¡Claro que podéis! ¡Podéis y debéis! Dile a esa chica que se ponga.

—Uh, no puede. En estos momentos no se puede poner...

—¿Por qué?

Como respuesta a la curiosidad de mi padre, una maquinita tragaperras aprovechó aquel momento para hacer sonar su musiquita impertinente. Una jota navarra, para más inri.

—¿Estáis en un bar? —preguntó mi padre, después de una breve y significativa pausa.

—No, no —dije—. Sí. Bueno, sí.

—Ya me lo imagino. Hinchándoos de cerveza, si no de algo peor.

—¡Que no, papá, que no! ¿Pero qué te has creído?

—Mira, Juanito. Mañana hablaremos tú y yo detenidamente, pero, de momento, te prohíbo que bajes esta noche, en moto, de Viladrau a Barcelona, por esa carretera de curvas, sin casco y hartos de vino los dos. No quiero que te partas la cabeza en un accidente idiota, ¿entendido? Ya telefonearé yo a los señores Gual y les diré cuál es la situación. Además, saliendo a estas horas de Viladrau, llegaríais aquí cuando las patrullas ciudadanas estuvieran en plena actividad, y no me da la gana de que corras riesgos inútiles.

Yo me desesperaba, me frotaba la frente con las yemas de los dedos, echaba miradas suplicantes en dirección al dueño del bar, reclamando una ayuda imposible. Una cosa era que mi padre me diera permiso para llegar tarde y otra que me condenara a pasar la noche fuera.

—Pero, papá —hice un intento desesperado—. ¿No te das cuenta de que tendremos que quedarnos a dormir *los dos solos* en casa de los Gual?

—¿Y? —hizo mi padre. Nunca una sola letra me había parecido tan cargada de amenazas.

—No, no, nada.

—Ah. ¡Porque si...! —se embalaba.

—No, no, papá.

—¡Es que si...!

—¡Que no, que no, papá!

—Bueno —se conformó—. Dile a María que esté tranquila. Que ya hablaré yo con sus padres para decirles de qué va la cosa.

—Sé discreto, ¿eh?

—Anda, anda, ya hablaremos mañana.

—Oye, papá... Espera. Ah, otra cosa. He estado pensando que... En fin, que tal vez mañana no deberías abrir el bar... —Oí cómo al otro lado del hilo se le congelaba la respiración. Insistí, sintiendo que empezaba a fallarme la voz—: Tal como están las cosas en el barrio... —Mi padre continuaba sin respirar. Temí que se ahogara. Acabé farfullando—: No sé, podrían volver aquellos *skins* y...

—¡No he cerrado el bar en diez años, excepto la tarde de Navidad, y no pienso hacerlo ahora porque cuatro fantasmas pelones se me pongan bordes! —soltó por fin todo el aire acumulado.

Y colgó sin darme opción a insistir.

—Sí, claro, eso pensaba yo —le dije al pitido que indicaba fin de la partida. «*Game over*».

El dueño del bar no permitió que terminara de comerme el bocadillo dentro de su establecimiento. Me cobró a precio de abusón profesional, me empujó hasta la calle y echó la persiana metálica tan de prisa que tuve que dar un brinco para no morir guillotinado.

Bueno. La noche era mía. Toda mía, completamente mía. Me sentía como si me hubieran expulsado de casa sin permitirme siquiera recoger el cepillo de dientes o mi Magnum 357, un poderoso tirachinas que me hubiera sido muy útil en eventuales enfrentamientos contra *skins*. Disponía de toda una noche, larguísima y llena de patrulleros enardecidos, para encontrar la manera de impedir que mi padre abriera el bar a la mañana siguiente. En caso de que existiera alguna. Y, después, ya me veía durmiendo en un banco del metro, o dentro de un contenedor, abrigado por basuras, escondiéndome de los *skins* que se enseñoreaban del barrio, esperando aterrorizado a que llegara el amanecer. Fabulosas perspectivas, como veis.

Frente a la boca del metro, una patrulla había instalado una especie de Cuartel General alrededor de dos barriles metálicos en los que ardían papeles y trozos de madera. Sonaba rock duro en un aparato estéreo a todo volumen, algunos bailaban, otros bebían y, en conjunto, aquello estaba adquiriendo un aire surrealista, mezcla de verbena y de película sobre los supervivientes de una explosión nuclear. Si salir a la calle a linchar a gente ya me parecía mal, convertirlo todo en una fiesta me provocaba ganas de vomitar.

En pocos minutos me planté ante el edificio donde vivía Sirvent. Un bloque de pisos muy alto, que hacía esquina, situado frente al edificio de la sucursal de una entidad bancaria. Tal como me estaban saliendo las cosas, ya estaba convencido de que sería inútil subir al séptimo. Nadie sería tan ingenuo de cerrar su casa, en aquel barrio, con una llave que pudiera ser abierta por mi ganzúa de aprendiz. Pero disponía de toda la noche, y no tenía otra cosa que hacer, así que golpeé con la palma de la mano todos los timbres del portero automático a la vez. Lo de siempre: respondieron varias voces, diversas cosas y en tonos diferentes. Farfullé una sola palabra confusa, «pistacho», y uno de los vecinos, automáticamente, pulsó el botón que me franqueaba el paso.

Usando solo de vez en cuando la llama del encendedor, subí por las escaleras oscuras hasta el séptimo piso, donde vivía Sirvent. Como era de prever, la cerradura de la puerta A no admitía el paso de mi ganzúa. Pero no me desanimé. Era una clase de cerradura supuestamente de alta seguridad, sobre la cual mi informante en materia de ganzúas, llaves y cerrojos me había contado una extraña leyenda. Una leyenda que podía ser falsa, naturalmente: debo decir que siempre me había parecido una fantasía sin fundamento. Pero, como he dicho antes, no tenía otra cosa que hacer y, puesto que ya estaba allí, en rellano ajeno y a oscuras, como un revientapisos cualquiera, decidí que nada perdía con probar.

En aquellos momentos, estaba seguro de que nada perdía con probar. No podía imaginar lo que me esperaba.

No describiré la cerradura para que no se me acuse de meter ideas descabelladas en la mente de nadie. Me limitaré a contar lo que hice. Con el encendedor calenté concienzudamente el extremo posterior del bolígrafo de plástico que llevaba conmigo. Cuando estuvo bien caliente y moldeable, lo introduje en la cerradura y presioné con fuerza. Permanecí apretando unos instantes. Según me habían asegurado, en aquel momento se estaría reproduciendo el molde de la cerradura en el plástico reblandecido. Imposible, claro está. Pero el caso es que, cuando extraje el bolígrafo, en su extremo posterior se habían dibujado seis dientecillos prominentes.

Me senté en los escalones, rodeado de oscuridad, esperando a que se enfriara el invento. Durante un rato, estuve pensando en Sebastián Herrera y su chantaje. A Sebastián Herrera lo había matado una persona a la cual estaba chantajeando. Pensé en seguida que esa persona no podía ser del barrio. Herrera había pedido más de veinte mil euros. Decía que faltaban veinte mil euros, pero algo de dinero habría o, de lo contrario, su víctima ni siquiera se habría molestado en regalarle el famoso maletín. O sea que, por lo bajo, pongamos que Sebastián Herrera había pedido treinta mil euros (contando que solo le hubieran pagado diez mil). No me imaginaba que nadie del barrio pudiera pagar treinta mil euros a tocateja. A no ser que fuera uno de los traficantes de droga, claro. Estuve dándole vueltas a esa idea en mi cabeza y al bolígrafo entre mis dedos.

El bolígrafo ya se había enfriado. Me puse en pie y, muy escéptico, lo introduje en la cerradura. Evidentemente, si el dueño de la casa, al salir, había dado una o dos vueltas a la llave, no habría nada que hacer. Mi invento solo servía si habían cerrado de golpe. Accioné el boli como si fuera una llave. Los dientecillos de plástico se rompieron, naturalmente, pero la cerradura hizo *clac* y la puerta se entreabrió levemente.

«Ah». Contuve una risa. Yo era el primer sorprendido. «Vaya». No todo tenía por qué salirme mal, después de todo. Los dioses me enviaban una de cal y otra de arena. Bien.

Cerré la puerta tras de mí. El piso estaba a oscuras. Prendí el encendedor. Me sorprendió descubrir que del vestíbulo partían unas escaleras hacia un piso superior. Sirvent debía de haber comprado el piso de arriba, el ático, y había reformado su vivienda, convirtiéndola en un dúplex. Vaya. Vivienda de millonario. Inesperada, en un barrio como el mío. ¿Sería él la víctima del chantaje de Herrera?

En la planta baja no encontré nada de interés. Un gran salón comedor amueblado con esas cosas que uno ve en algunos escaparates y se pregunta quién puede comprarlas. Por ejemplo: una mesa de superficie de cristal que reposaba sobre una cabeza de elefante casi de tamaño natural, con colmillos y todo, que hacía las veces de patas. Las paredes forradas de madera, seguramente noble. Un televisor enorme, lo último de lo último. Un par de lámparas de pie que figuraban genios orientales, muy retorcidos y malvados. Un tresillo de dimensiones colosales. En el reducido espacio del comedor, apenas quedaba sitio para desplazarse sin golpearse continuamente contra los cantos de los muebles. Tanta ostentación gratuita, en mi barrio, solo podía significar que el propietario del lugar traficaba con drogas. Uno de tantos camellos famosos que no se molestaban en ocultarlo. Me resultó agobiante. La cocina, con muchos platos por lavar. Sobre el mármol, un tubo de aspirinas junto a un vaso. Tal vez a Sirvent los remordimientos de conciencia le produjeran jaqueca. Y un cuarto de baño con mamparas de cristal translúcido y alicatado, decorado con flores cursis, impropias de un asesino sin escrúpulos. Todo estaba razonablemente limpio y ordenado, muy en su sitio. No era lo que se dice una leonera, como yo me esperaba. Y, no sé por qué asociación de ideas, eso me hizo pensar que allí no encontraría lo que buscaba.

Retrocedí hasta el vestíbulo y subí por la escalera estrecha y empinada con precaución. Los peldaños de madera crujían bajo mis pies. Aunque sabía que Sirvent estaba en su bar y no volvería hasta entrada la madrugada, cada crujido me provocaba un escalofrío.

Llegué a un breve pasillo en forma de L. De las tres puertas que se me ofrecían, elegí la única que tenía llave. Una llave significaba que había algo que ocultar, y eso era precisamente lo que yo buscaba. Estaba puesta en la cerradura. Solo tuve que hacerla girar y, a la luz del encendedor y a la luz de la luna que penetraba por una amplia ventana flanqueada de cortinas, me vi en la reducida habitación que Sirvent usaba como despacho.

Un escritorio, un armario empotrado que cubría toda una pared y un archivador de oficina. No había sitio para más.

Empecé por el armario. En el estante más alto había una máquina de escribir portátil en su funda, un ventilador estropeado y un par de mantas de lana metidas en plásticos. Todo ello lo bastante cubierto de polvo como para convencerme de que no lo habían tocado desde hacía meses. Colgando de la barra, vestuario de invierno: un par de anoraks de nailon, plásticos protectores, jerseys, trajes. En el suelo, un radiador eléctrico, un par de mochilas de nailon, la lona doblada de una tienda de campaña, una bombona de camping-gas, cajas de cartón. Me asomé al interior de las cajas de cartón. Posavasos que anunciaban el bar Berlín. Papeles con membrete del bar Berlín.

Cuando volví a tapar las cajas, a la luz del encendedor distinguí algo que retuvo mi atención. Debajo de la bombona de camping-gas, debajo de todo el equipo de acampada, que parecía haber sido amontonado para ocultar algo. No sé qué vi, pero lo vi, y quité la bombona, que me pareció vacía, y aparté la lona doblada y allí estaba el maletín. Un maletín de ejecutivo que parecía muy capaz de soportar la embestida de un TIR de doce ruedas. Muy probablemente, el maletín que acarreaba Sebastián Herrera en *La Rive Gauche*. El maletín que Sirvent sacó de casa de Herrera. Lo abrí. No había nada en su interior. Lástima.

Recurrí a la ganzúa para abrir los dos cajones del archivador. Me pareció que eran de mírame y no me toques, y efectivamente lo eran. Se abrieron en seguida. En el primer cajón, guardaba Sirvent la escritura del piso, el contrato de alquiler del bar que regentaba, carpetas llenas de facturas y recibos y otros documentos varios. Se llamaba Miguel Sirvent Junquet. La foto de su pasaporte me mostraba a un individuo de mediana edad, de ojos claros, muy delgado, con un cierto parecido a Mark Knopfler, pero con más pelo y menos napia. Estaba por cerrar ese cajón cuando otro de los documentos me llamó la atención. Era una cartilla de la Seguridad Social. En la foto, Sirvent aparecía algo más joven. Y el nombre de la empresa para la que trabajaba despertó un eco en mi memoria: COYDESA.

Si no recordaba mal, ese era el nombre de la empresa que había comprado a un precio irrisorio el descampado que había junto al solar de las Barracas. «COYDESA, Construcciones y Derribos, S. A.». En algún momento de su vida, Sirvent había trabajado para esa empresa.

Hice un alto antes de continuar con mi investigación, porque me pareció oír un ruido en el piso. Contuve la respiración, pero solo percibí los latidos de mi corazón, que me recordaban el peligro que corría y el miedo que sentía. Intenté tranquilizarme. No podía haber nadie en el piso: Sirvent estaba en el bar, y yo había llamado por teléfono antes de subir, y no había obtenido respuesta.

En el segundo cajón del archivador, encontré una carpeta roja atestada de papeles. Y, sobre la carpeta, un nombre escrito con rotulador: COYDESA.

Me senté frente al escritorio y me arriesgué a encender el flexo para examinar los papeles.

Eran fotocopias de un documento de tres hojas apaisadas, con un ancho margen a la izquierda donde se veían sellos del Registro de la Propiedad y de un (¿Juzgado?) de Instrucción (la mala calidad de la fotocopia y la falta de tinta no permitían que se leyera bien). Otro sello rezaba «NOTA CON SIMPLE VALOR INFORMATIVO, EXTENDIDA EN 3 HOJAS» y una fecha de expedición que databa de tres meses antes. Alguien había utilizado aquel margen izquierdo para hacer unas anotaciones a mano. Reconocí de inmediato aquella grafía. Saqué de la mochila las páginas arrugadas de La *Guía del Comprador de Coches*. Comparé letras y números, y el corazón me dio un vuelco porque pertenecían sin duda a Sebastián Herrera. Aquellos eran los papeles que Sirvent había sustraído del piso de Herrera después de asesinarle.

El anchísimo margen comprimía a la derecha un bloque de texto que, a primera vista, parecía carecer de puntos y comas, como para asfixiar a quien quisiera leerlo en voz alta. Empezaba diciendo «CERTIFICO:» (por lo que supongo que podríamos decir que era un certificado) y seguía un texto muy divertido, tal vez para amenizar la aridez de lo que vendría a continuación: «Que en los folios 141, 141 vuelto, 142, 142 vuelto, 143, 143 vuelto...». El que lo había escrito tenía sentido del ritmo. Después, una descripción de un terreno, que era el tema de que se trataba. «Terreno rústico, de doscientos metros cuadrados, en la zona conocida como El Torrent». Eso sí lo entendía. Mi padre se había referido varias veces con el nombre de «El Torrent» al terreno que COYDESA había adquirido, junto al solar de las Barracas, para construir el hipermercado. Aquel que habían protegido con vallas y con «perros sueltos». «El Zoo», como le llamaban los chavales del cole. *El Torrent.* Empecé a intuir cosas. Aquello, de alguna manera, hacía referencia a un fabuloso negocio y es bien sabido que la fiebre del oro siempre ha terminado justificando la muerte de alguien. Pero había algo que no encajaba: El Torrent tenía casi dos hectáreas de superficie, y el terreno descrito en el documento solo dos áreas.

¡Crac! ¿Otro ruido? Sentí que había dado un brinco y que mis manos habían arrugado los papeles debido al sobresalto. Silencio. Me asaltó la urgencia de salir de allí cuanto antes. «Esto no hay quien lo entienda. Vámonos de aquí, Flanagan, vámonos». La prisa se me instaló en los intestinos, se concretó en la necesidad de correr al cuarto de baño. Pero me dominé. Me temblaban las manos y me costaba concentrarme, pero no podía salir de allí sin acabar de comprenderlo todo.

Dirigí mi atención a unos párrafos subrayados con rotulador fosforescente, cuyo contenido me resultaba familiar, aunque ininteligible: *«Esta finca está afectada por un censo en nuda percepción de pensión anual nueve pesetas, en capital al tres por ciento, trescientas pesetas, pagadero el día de San Juan de junio a los sucesores de don Ramón Serratusell».* ¿Qué significaba aquel galimatías? La palabra «censo» coincidía con el tema del artículo que había encontrado en las basuras de Herrera y que ahora estaba en poder de Adrián Cano. «MUCHOS TERRENOS DE LA CIUDAD ESTÁN SOMETIDOS A LA LEY DE CENSOS». Traté de recordar. ¿Qué decía el artículo? ¿Qué era exactamente «la ley de censos»? Estaba seguro de que allí se escondía la clave de todo aquel asunto, pero se me antojaba algo demasiado complicado para mí solo.

Un poco más adelante, en medio de la vertiginosa verborrea legal, encontré una lista de nombres donde quedaba más o menos claro que un tal Ramón Serratusell había registrado y/o vendido el terreno en 1930. A partir de aquí se relacionaban cinco sucesivos propietarios: don Octavio Marinaleda se lo había vendido a José Orozco; don José Orozco, a María de las Mercedes Nosecuántos, etc. Hasta llegar al último propietario, don Jacinto Casarramona, que debía de ser quien había vendido el terreno a COYDESA.

La ley de censos decía que los sucesores de don Ramón Serratusell conservaban algunos derechos sobre aquel terreno, pero no conseguía recordar cuáles eran esos derechos. ¿Derecho a cobrar nueve o trescientas pesetas el día de San Juan, según había subrayado Herrera? No creía que ese fuera motivo para asesinar a nadie. En todo caso, a nuestro amigo Sebastián Herrera también le interesaba el dato de los herederos porque había rodeado el nombre de don Ramón Serratusell con un circulo de bolígrafo del que partía una flecha que señalaba una serie de nombres escritos al margen. Era una especie de árbol genealógico que hablaba de «Doloritas», hija única de don Ramón, casada con un tal Adjutorio García, y que acababa, dos generaciones después, en una tal «Montserrat García Roca». Herrera había subrayado este nombre y, junto a él, había anotado una dirección de Barcelona. Esta Montserrat García era, pues, la sucesora directa de Ramón Serratusell y, por tanto, conservaba derechos sobre ese terreno. ¿Qué derechos serían esos?

Tomé nota del nombre de la tal Montserrat García y de su domicilio, decidido a hacerle una visita cuanto antes.

Devolví los documentos a la carpeta, y la carpeta al archivador, procurando dejarlo todo como lo había encontrado.

De nuevo me dio la impresión de que oía un ruido sofocado en el piso. De nuevo pegué un brinco y permanecí a la escucha, y otra vez capté solamente el silencio, solo roto por el paso ocasional de vehículos por la calle, ocho pisos más abajo. «Tranquilo, Flanagan, no dejes que los nervios te pongan más nervioso». «Bueno, sí, pero vámonos, vámonos de una vez».

Todavía no había mirado en los cajones del escritorio. «Bueno, ¿y qué más da? Lo más importante ya lo has encontrado. ¡Vámonos! ¿Qué piensas encontrar ahí? ¿El arma del crimen?». Abrí el cajón superior del escritorio. Había folios en blanco, plumas, rotuladores. Y el arma del crimen.

Una pistola.

Confieso que hasta me asusté. «No la toques, Flanagan. Ahí estarán las huellas del asesino». Era la primera pistola que veía tan de cerca en mi vida. Era pequeña, cuadrada, negra y brillante. En el cañón, sobre el gatillo, decía «STAR. B. Echeverría. Eibar. España. S. A. CAL. 22». Y en la culata, dentro de un círculo, se podía leer «STAR» y «TRADE MARK». A Sebastián Herrera le habían pegado cuatro tiros. Si lo habían hecho con aquella pistola, me encontraba ante la prueba contra Sirvent más concluyente que hubiera podido imaginar.

Ahora, sí. Un ruido procedente de la habitación de al lado. Un movimiento, un gruñido. Instintivamente, cerré el cajón de golpe y sonó como un cañonazo. Me quedé petrificado, congelado. No podía ser. No había nadie en el piso. Sirvent debía de tener un gato, o un canario guasón. Tenía que ser eso.

Oí el chirrido de una puerta que se abría. Pasos en el corredor.

—Miguel, ¿eres tú?

Se abrió la puerta del despacho y apareció una chica desnuda.

El susto fue mutuo. El brinco que pegué. Chilló la chica, grité yo como haciéndole coros en plan góspel. Aunque iba desprovista de la pajarita y del chaleco y de otras prendas, reconocí de inmediato a Elisa, la chica morena del guardarropa de *La Rive Gauche* y, debido a los nervios, me puse a reír como un descerebrado. Abrí la boca para inventarme no sé qué excusa. Pero ella también me había reconocido y, sin dejar de gritar, cerró la puerta de golpe y le dio la vuelta a la llave.

Oí sus pasos bajando a saltos las escaleras. Empecé a bailotear en medio de la habitación como si me hubiera vuelto loco. Tenía que salir de allí antes de que...

A mis espaldas, tintineó el supletorio que había sobre el escritorio de Sirvent. Elisa estaba telefoneando a alguien. Descolgué el auricular del aparato. Ojalá me equivocara y estuviera llamando a la policía. En aquel momento hubiera pagado porque me detuviera la policía por allanamiento de morada.

—¡Diga! —Rumores de bar al fondo. Risas de *skins* excitados por el alcohol. Elisa no estaba llamando a la policía.

—¿Miguel? ¡Soy Elisa! —Estaba llamando a Sirvent, que seguramente era su novio—. ¡Tengo encerrado aquí al chaval que estuvo metiendo las narices en *La Rive Gauche*! ¡Lo tengo encerrado en tu despacho!

—Oiga, oiga, oiga —decía yo—. Oiga, oiga, oiga. —Como un bobo.

11

Sálvese quien pueda

Sirvent se puso más contento que un chiquillo en mañana de Reyes. Terminó su diálogo con Elisa dando muestras de una alegría desmedida. A mí me parecía que no era para tanto.

—¡Estupendo! —decía, consciente de que yo le estaba escuchando—. La puerta es sólida y la ventana está a ocho pisos de altura. No podrá salir. En cinco minutos estamos ahí. Iré con los chicos. —Se refería a la manada de *skins* que abrevaba en su establecimiento—. Ah, Elisa, escucha. Será mejor que desconectes el teléfono, no se le ocurra al nene llamar a alguien desde el supletorio.

Pensaba en todo el tío.

Y yo gritando:

—Oiga, oiga, oiga.

—No te preocupes, nene —Al fin, tuvo la deferencia de dirigirse a mí—. Ya te oiré. Te oirá todo el mundo. Te oirán desde Moscú cuando te agarremos. Lo que el Führer te hizo el otro día no fue más que un aviso. Hoy vamos en serio, nene.

Se interrumpió la comunicación y, en seguida, se cortó la línea telefónica y el aparato se convirtió en un cacharro inservible entre mis manos. Consulté mi reloj: Eran las once y veinte. ¿Cuánto podían tardar en llegar desde el bar de Sirvent? ¿Diez minutos? ¿Un cuarto de hora?

Estaba aterrorizado. Lo que se dice paralizado de pánico. Nunca había creído que se pudiera sentir tanto miedo, ni que el miedo pudiera doler físicamente en el estómago, en los huesos, en la piel, en todo el cuerpo. Supongo que los reos que esperan la hora de la ejecución en sus celdas deben de experimentar una sensación parecida. Y, para mí, no había indulto posible.

«Cálmate, Flanagan. No me seas agorero. No te pongas nervioso».

Entonces me puse a correr de un lado para otro, arrebatado, buscando una salida de aquella ratonera.

Abrí la ventana. Un viento huracanado me despeinó e hizo que las cortinas ondeasen como banderas hacia el interior del despacho. Ocho pisos de caída libre, una fachada lisa como la piel de un bebé. A nadie se le había ocurrido poner esa cornisa tan estrecha que resulta tan práctica en las películas de suspense. Si el edificio de delante hubiera estado habitado, habría podido gritar pidiendo ayuda. Si aquello no hubiera sido un dúplex, habría podido golpear el suelo hasta provocar la intervención de los vecinos de abajo. Si el edificio no estuviera en una esquina, habría podido golpear las paredes. Pero el edificio de enfrente era la sucursal de una entidad bancaria y yo me encontraba en un dúplex que hacía esquina. Todo estaba en mi contra.

Me aparté de la ventana. No había nada que hacer por este lado excepto matarse, y no me parecía una buena idea.

Las once y veintidós. Sirvent y los *skins* ya debían de estar saliendo del bar Berlín, montando en coches y motos.

Una angustia insoportable me agarrotaba los músculos y me impedía pensar. «No te detengas, Flanagan, no te detengas».

La cerradura de la puerta era de tija larga, o sea que no podía abrirla con la ganzúa. Y, además, Elisa había dejado la llave en la parte de fuera. Recordé algo que una vez había leído en un libro y deposité toda mi fe y la poca esperanza que me quedaba en esa posibilidad.

En teoría era fácil. Buscar una hoja de periódico y deslizarla bajo la puerta. Empujar la llave con la ganzúa a través del hueco de la cerradura, hasta hacerla caer sobre el periódico. Luego tiraría del periódico y arrastraría la llave por debajo del resquicio de la puerta. Cayó la llave sobre el suelo de gres y salió rebotando y tintineando alegremente para ir a parar muy lejos del periódico y de mi alcance. Oí pasos en las escaleras y luego la voz burlona de Elisa.

—Tómatelo con calma, chaval. Ya deben de estar llegando. No querrás perderte la fiesta, ¿verdad? Es en tu honor.

—Por favor —supliqué—. Déjeme salir. Me van a hacer mucho daño. Usted no los conoce. No querrá ser cómplice de esto, ¿verdad?

—Tú te lo has buscado, chaval.

Oí cómo bajaba de nuevo las escaleras.

Nueva mirada al reloj. Las agujas, que avanzaban implacables, eran como pregoneros que anunciaban el desastre. Y veinticinco. ¿Cuánto tiempo me quedaba de vida? ¿Tres, cinco minutos?

«¡La pistola!», grité en voz alta.

Abrí el cajón del escritorio, empuñé una pistola por primera vez en mi vida, la dirigí a la cerradura y apreté el gatillo. Nada. Con manos histéricas, manos que parecían de otra persona, busqué el seguro. Moví palanquitas al azar.

Apunté de nuevo a la puerta y apreté el gatillo. El arma hizo «clac, clac, clac», como si fuera de juguete y nunca hubiera matado a ningún Sebastián Herrera. No tenía balas. Con un grito que casi era sollozo disfrazado de imprecación, tiré el arma a un lado. Rebotó en el suelo y fue a dar contra la pared. «¡Eh, no, idiota!, ¿qué haces?», me insulté mientras salía tras ella, como si fuera un animalito de compañía que fuera correteando por la habitación. La agarré con las dos manos y la puse contra el pecho, como objeto precioso que era. Aquella pistola demostraba que Sirvent era el asesino de Herrera. No debía perderla bajo ningún concepto. Me la metí en el bolsillo del chándal. Pesaba tanto que casi me bajaba los pantalones.

Me puse a girar como un poseso oteando el limitadísimo horizonte de la habitación, mirando al norte, al sur, al este y al oeste en busca de un hada madrina que me sacara milagrosamente del atolladero. Tenía la farragosa sensación de estar perdiendo un tiempo precioso mientras el enemigo corría a mi encuentro a una velocidad admirable. Me pareció que había llegado el momento de las soluciones drásticas: ponerme de cuclillas en un rincón y llamar a mi mamá.

No recuerdo haber tenido la idea. Más bien fue la idea quien me tuvo a mí, por decirlo de alguna manera. Una idea desesperada y absurda que me poseyó y me empujó a amontonar, junto a la ventana, las cajas de cartón que contenían papeles y posavasos, paquetes de folios y carpetas de cartón que saqué del escritorio, y cajones de madera del mismo escritorio y hasta el relleno de gomaespuma de un cojín. Acto seguido, prendí fuego a la pira con mi encendedor.

Señales de humo a través de la ventana. Alguien tenía que verlas, alguien tenía que reparar en la densa columna que ya se estaba formando, alguien llamaría a los bomberos. Y vendrían los bomberos, y Sirvent no me podría hacer nada en presencia de los bomberos.

Las once y treinta. Yo no sé de qué estaba hecho el viento de aquella noche, o el gas de mi encendedor, o los materiales de aquel piso. El caso es que, de pronto, el denso humo negro se me vino a la cara. Me vi envuelto en tinieblas y cenizas, y me puse a toser y a mover los brazos para esparcir aquel nubarrón que me escocía en los ojos y me irritaba el paladar. Tuve miedo entonces del disparate que podía haber provocado y retrocedí hacia la puerta y desde allí pude ver, espantado, que las llamas se elevaban hasta más altura de la prevista y abrazaban a las cortinas, que ondeaban como banderas cerca del techo, y que las cortinas se inflamaban al instante en una gran llamarada (¿de qué material eran aquellas cortinas?) y en seguida despedían chispas en dirección al armario.

Una mancha negra, humeante y maloliente se iba extendiendo por la moqueta que cubría el suelo. En torno a las patas del escritorio aparecieron unas pequeñas llamas danzarinas, tan graciosas como terriblemente amenazantes. Chisporroteaba y humeaba el asiento del sillón giratorio. Surgían diminutas fumarolas entre las tablas de madera noble que cubrían las paredes.

Y yo estaba con la espalda contra la puerta, tosiendo y llorando, ya no se sabía si debido al humo o al desconsuelo. Horrorizado por el cataclismo que acababa de provocar.

Inesperadamente, del interior del armario pareció surgir un fogonazo que me sacudió de pies a cabeza. Eran los anoraks de nilón, los plásticos que envolvían las mantas, las mismas mantas y los jerseys de fibra sintética. Pero no fue solo eso. Fue la premonición de lo que podía suceder. Recordé que allí dentro, en el nuevo foco del incendio, había una bombona de butano. Yo la había visto. Una pequeña bombona de camping-gas para cocinar y alumbrar las alegres noches de acampada. Me dije: «Tranquilo: antes la has sopesado y estaba vacía». Pero hay que reconocer que no es fácil quedarse tan tranquilo en medio de un incendio cuando uno sabe que hay una bombona de butano por los alrededores. A lo mejor a mí me había parecido que estaba más vacía de lo que estaba en realidad. A lo mejor quedaba en ella un poco de gas. Tal vez no el suficiente para poner el edificio en órbita, pero sí para pulverizar cualquier cosa que estuviera a menos de dos metros de distancia. Yo me encontraba a un par de metros de distancia, y no podía irme más lejos porque la habitación no era más grande y la puerta, la maldita puerta, estaba cerrada.

—¡Socorro! ¡Socorro! ¡Ábrame, por favor!

Sirvent y los *skins* ya no podrían hacerme nada. Mucho antes de que llegaran, yo habría muerto asfixiado por el humo. Y, unos minutos después, mientras ellos subieran las escaleras, ya estaría incinerado y todo. La única satisfacción que me quedaba era imaginar que, en cuanto abrieran la puerta del despacho enarbolando sus bates de béisbol y sus cadenas, la bombona les estallaría en las narices.

Ni eso. Tal como me estaban saliendo últimamente las cosas, la bombona haría *«pfffff»*, como un globo al desinflarse, y mis enemigos se partirían de risa.

Pero, por si acaso, me encontré diciendo «¡no!» y moviéndome otra vez como loco. Creo que dije «¡no!» porque la verdad es que no estaba muy conforme con el desarrollo de los acontecimientos. Me precipité a cerrar la puerta del armario. Luego, acudí al mueble archivador y lo empujé como pude, a pesar de la resistencia que ofrecía la moqueta humeante y fétida, hasta colocarlo delante de la puerta del armario.

Me apartaba de allí para buscar algo más, al mismo tiempo que una sabia voz interior me aconsejaba acuclillarme en un rincón, cerrar los ojos, abrir la boca y taparme los oídos, cuando la bombona hizo explosión.

No fue un estallido prolongado como los que se oyen en las películas, «boooooom», con muchas oes. Muy al contrario, fue un ruido inmenso pero instantáneo, lleno de consonantes. *«¡PTWM!»*, algo así. Algo imprevisto, visto y no visto, pero penetrante y tremendo, que me proyectó contra la pared, donde me di un cabezazo considerable, al tiempo que parecía que todo el edificio se tambaleaba.

Al volverme, no vi nada. El humo se había vuelto más espeso y más negro y pensé que me asfixiaba, que me envenenaba.

También pensé que la explosión habría derribado paredes y me habría abierto el paso hacia la libertad. También podía haber abierto boquetes en el suelo, abriéndome paso hacia el abismo, pero no me permití pensamientos tan pesimistas. Las cosas no podían salir siempre mal.

Avancé a gatas, entre el humo, en dirección a donde suponía que se encontraba el armario. Tropecé con el mueble archivador, que había caído y perdido su forma original. Las puertas del armario habían desaparecido y en el interior reinaba la humareda más negra que he visto en mi vida, pero no había fuego. La explosión lo había sofocado, al menos momentáneamente. Y, más allá, no había pared. Había un dormitorio amueblado con gusto donde algún gigante había estado escupiendo trozos de lava humeante. Me pareció ver que la lámpara del techo se había descolgado y se había hecho trizas contra el suelo, y que un espejo de cuerpo entero había recibido un impacto que lo había cubierto de grietas, pero lo cierto es que no me entretuve demasiado contemplando el decorado.

Tenía prisa. Mucha prisa.

Salí al corredor, bajé las escaleras hasta el vestíbulo, entreví a Elisa en alguna parte, envuelta en humo y en bata de seda, con la boca abierta y expresión extática, como la foto de una protagonista de película de terror. Ni siquiera me despedí de ella. Gané la puerta del piso.

«La pistola —pensé de pronto, con un sobresalto—. ¡Te has dejado la pistola!». Pero no me la había dejado: continuaba en mi bolsillo, tirando de los pantalones hacia abajo.

El vecino de enfrente había salido al rellano y me miraba con los ojos dilatados de estupor. Vi que movía los labios, pero no pude oír lo que decía. Tampoco oí voces en la escalera, ni las pisadas de las botas Doc Martens en los peldaños, ni los gritos de los *skins,* ni el ruido de las cadenas y los palos al golpear la barandilla.

¿Me había quedado sordo? Solo me faltaba eso.

No podía oír el ascenso de mis enemigos, pero podía imaginármelo perfectamente. Y la escalera era estrecha. No tenía salida posible. Jamás lograría pasar entre la jauría que subía a por mí.

Me abalancé sobre el pobre vecino patitieso, le di un empujón y me metí en su casa sin hacer caso de sus protestas porque no podía oírlas. Le exigí silencio poniéndole el dedo delante de la boca y él debió de hacerme caso porque todo salió como yo esperaba.

Espié por la mirilla. Allí estaba la tribu de bárbaros desbocados, con sus cadenas y sus bates de béisbol, como un montón de desgraciados jinetes del Apocalipsis. El Führer venía en cabeza, echando el bofe, y tras él, Sirvent, el Puti y Drácula, y cuatro o cinco pelanas más. Desaparecieron dentro de la casa de Sirvent, e inmediatamente yo salí al rellano y me lancé escaleras abajo a toda prisa, abriéndome paso entre los vecinos que subían a ver qué había pasado. Supuse que a muchos de ellos les habrían volado los cristales de la ventana. Me sorprendió que no se hubiese ido la luz en todo el edificio a consecuencia de la explosión. Los fusibles del piso debían de haber protegido la instalación general.

—¿Qué ha pasado? —oí de pronto muy cerca, como si alguien me hubiera quitado un tapón de la oreja derecha. Vaya: después de todo, podría continuar escuchando mi *Música para Masocas.*

—¡Una bomba!

—¡Ay, Virgen santísima! —rezaba una anciana por mi oreja izquierda—. ¡Terroristas!

—¡El gas!

—¡Habrá sido el gas!

—¿Qué ha pasado? ¿Qué ha pasado?

—¡Estás sangrando, chaval! —me dijo alguien.

¿Estaba sangrando? Ni me había dado cuenta, ni me preocupé por ese detalle. Estaba vivo. Y, si quería seguir estándolo, más valía que me diera prisa porque la recuperación del sentido del oído me estaba permitiendo también oír los gritos de Elisa: «¡Se ha ido!», y los de Sirvent: «¡Está bajando, ahí va!», y los del Führer: «¡A por él!». Bajaban en tropel, haciendo retumbar la escalera con sus botas de puntera metálica. Saltaba yo escalones de cuatro en cuatro, sin resuello, sujetando la preciosa pistola en el bolsillo, deseando que estuviera cargada, sacudido por las ganas de vivir y por la esperanza, la necesidad, el empeño de continuar viviendo.

Llegué al vestíbulo del edificio. Salí a la calle. Varios miembros de las patrullas ciudadanas instaladas en la plaza del Mercado se habían congregado frente al edificio al reclamo de la explosión. Pasé entre ellos como una exhalación, esquivando manos que pretendían detenerme, ignorando preguntas: «¿Qué ha ocurrido? ¡Eh, tú, ¿dónde vas?». Los dejé atrás. No era momento para dar explicaciones. Desahogaba mi pánico con la carrera. En la calle, por lo menos, tenía espacio para correr. Y si a algunos el miedo les da alas, a mí me daba turborreactores.

Los *skins* salían del edificio en el momento en que yo doblaba la primera esquina y entraba en la plaza del Mercado, pero aún tuve tiempo de oír con toda nitidez el grito de Sirvent.

—¡Cogedle! *¡Es un yonqui!* ¡Me quería robar!

Tal vez fue mi imaginación, pero me pareció oír un clamor, como el que se oye en un campo de fútbol cuando el equipo local desempata en el último minuto. Juraría que escuché el sonido del cuerno que daba comienzo a la cacería, y el galope de los caballos, y los ladridos de la jauría, pero no hay que hacerme mucho caso. Ya he dicho que mi reciente separación de Carmen Ruano me había trastornado un poco. Sumadle una explosión de gas a un desengaño amoroso y tendréis un Flanagan desquiciado corriendo la maratón a ritmo de cien metros lisos.

A lo lejos se oían sirenas. Los bomberos llegaban tarde. Quizá llegaban a tiempo de impedir que el fuego se propagara, pero desde luego que llegaban tarde para salvarme.

Un Flanagan derrotado.

Tenía que agarrarme los pantalones porque, a cada zancada, el peso de la pistola tiraba de ellos para abajo y no tenía ganas de verme, además de todo lo que me estaba sucediendo, con los pantalones en torno a los tobillos en medio de la calle. Estaba seguro de que mis perseguidores me iban a coger y, al menos, ante el suplicio quería ofrecerles una imagen un poco digna.

Pensaba que había hecho mal apoderándome de aquella pistola. Aún no sabía por qué, pero algo me decía que había obrado mal. Y, por si fuera poco, los *skins,* al día siguiente, destrozarían el bar de mi padre. Magnífico final de carrera, Flanagan. ¿Qué más se puede pedir? Me ahogaba, me latía demasiado aprisa el corazón y me asaltaba la tentación de rendirme, de detenerme y esperar que lo que tuviera que ocurrir ocurriera pronto y rápido.

Al doblar una esquina, descubrí una montaña de basura en torno a un par de contenedores. Aproveché el lapso en que quedaba fuera de la vista de mis perseguidores. Agarré fuerte la pistola para que no se le ocurriera caer al suelo en aquel preciso y precioso instante, me interné en la porquería y me sumergí de cabeza en el contenedor. Creo que oí el chillido de las ratas importunadas en sus quehaceres. Me hundí patas arriba en una oscuridad asquerosa de bolsas de basura reventadas, líquidos repugnantes, sustancias de tacto gelatinoso, y me vi envuelto en el hedor más innombrable y blasfemo que Lovecraft pudiera imaginar. Y me quedé quieto, muy quieto, sin respirar, mientras la caterva de innobles brutos pasaba de largo, alborotando, jaleados por los gorilas de Sirvent.

Me revolví entre los desperdicios para recuperar la verticalidad. Cuando asomé la cabeza al aire puro y sano, me pareció que el mundo entero se movía, o que el contenedor se movía, pero no me extrañó demasiado una alucinación de este tipo, después de las experiencias que acababa de vivir. Me alarmé de veras cuando vi que el montón de basura se alejaba de mí, cuando comprobé que el contenedor había estado en lo alto de una calle de pendiente muy empinada y que contenedor y yo habíamos empezado a recorrerla, a velocidad cada vez mayor, en sentido descendente.

Se me ocurrió que era una estupidez morir en un accidente de contenedor después de haber sobrevivido a un incendio, a una explosión de gas y a la furia de un ejército sanguinario. Luego, se me ocurrió que era una estupidez morir en un accidente de contenedor aunque no acabara de sobrevivir a nada. En mi estrambótico vehículo, ya a toda pastilla, cruzamos una calle poco después de que lo hiciera un coche, a velocidad similar. No chocamos de milagro. Uf. Al final de la calle había una alambrada y, en la alambrada, rótulos que advertían: «PELIGRO: PERROS SUELTOS». Me dije: «Bueno, lo que me faltaba. Mira dónde vamos a parar». Me dije: «Inmersión». Y volví a sumergirme entre la basura, confiando que actuara como colchón y amortiguara el golpe.

Fue un choque de campeonato, pero la basura que me arropaba y la flexibilidad de la alambrada lo amortiguaron. No pasó nada. Solo salí despedido del contenedor, caí con todo el peso del cuerpo sobre el hombro izquierdo, «¡ay!», rodé por el suelo y me golpeé la cabeza contra algo muy duro. Y, cuando levanté la vista, me encontré con los colmillos de un perro rabioso a menos de un palmo de la cara. Me alejé del perro a gatas, jadeando casi tan ruidosamente como él, y, cuando me volví para ver si me seguía, comprobé que él estaba de aquel lado de la alambrada y yo de este. No habíamos derribado la alambrada, ni yo había salido volando por encima de ella para caer entre las fauces de los perros sueltos. Esas experiencias quedaron para otro día. Después de todo, podía considerarme afortunado.

Me tumbé boca arriba en el terraplén salpicado de basura donde había ido a parar. Primero, contemplé el gran letrero que había más allá de la alambrada, y en el cual un COYDESA triunfante anunciaba la próxima construcción e inauguración de un magnífico hipermercado. Luego desvié los ojos hacia el cielo estrellado de una noche primaveral y no me avergüenza confesar que liberé toda la tensión llorando abiertamente. Había experimentado en mis carnes lo que se siente cuando una pandilla de locos te persigue para divertirse un poco linchándote, y eso es algo que no recomiendo a nadie. No sé cuánto tiempo pasé llorando. No sabía si mi llanto lo provocaba el miedo o la rabia, pero la verdad es que después me sentí mucho más aliviado.

Habría celebrado incluso mi relativo buen estado de salud si no se me hubiera ocurrido pensar en la pistola. Todavía la tenía entre las manos. La levanté a la altura de mi vista y entonces caí en la cuenta de que aquel cachivache no servía para nada. Se me abrió un boquete (otro) de desconsuelo en el alma (como si dijéramos). Maldije mi precipitación, maldije el miedo que me había hecho actuar de forma irreflexiva. Aquella pistola, en mis manos, no servía para nada, como no fuera para *inculparme a mí.* Si la hubiera dejado en casa de Sirvent, habría cabido la posibilidad de que la encontraran los bomberos o la policía al hacer el registro en el lugar de autos. Le habrían preguntado qué hacía aquella pistola en su casa y, al menos, habrían tenido tema de conversación para un rato. Pero, ahora, ¿cómo demostraba yo que había sacado aquella pistola del piso de Sirvent? Seguro que no estaba registrada a su nombre. Seguro que no estaba registrada a nombre de nadie. Cualquiera que viese el arma en mi poder me preguntaría acusador: «¿Qué haces tú con *esta pistola,* chaval?».

O sea, que vuestro seguro servidor, Johnny Flanagan, acababa de destruir una prueba acusatoria. Y podía estar bien seguro de que Sirvent se encargaría de destruir las otras pruebas, si no lo había hecho el incendio.

Hecho polvo, miré mi reloj de pulsera y descubrí que estaba roto. Las agujas, inmóviles, marcaban las doce menos veinte de un día interminable, que había empezado con la paliza de los *skins* en el bar de mi padre, que había seguido con la accidentada visita de Adrián Cano a *La Rive Gauche* y que había terminado con una catástrofe de consecuencias irreparables.

En un lugar destacado de los Jardines hay un vertedero ilegal, una verdadera montaña de residuos, que de alguna manera constituye el más adecuado de los monumentos para un barrio como el mío. Revolviendo entre toda aquella porquería, encontré un abrigo viejo, con una manga rota, un sombrero de paja deshilachado y un carro de la compra con una sola rueda. Me puse el abrigo, que me venía unas seis tallas grande, sobre la mochila, de forma que se me marcaba una notable joroba en mitad de la espalda. Me calé el sombrero hasta las cejas, tiré del carro y, de este modo, me convertí en uno de esos mendigos que hurgan en las basuras.

Regresé al centro. A pesar del disfraz no las tenía todas conmigo, dado que, como todo el mundo sabe, uno de los pasatiempos predilectos de los *skinheads* consiste en apalear mendigos. Confiaba en que estuvieran lo bastante ocupados buscándome por todo el barrio como para fijarse en el indigente deforme y desahuciado que yo aparentaba ser.

Frente al edificio donde vivía Sirvent había dos coches de bomberos con sus luces intermitentes y rojas, tres coches de policía con sus luces intermitentes y azules, y un corro variopinto de curiosos más o menos ávidos de emociones fuertes. Un bombero encaramado en una larga escalera se dedicaba a rociar con el potente chorro de una manguera la ventana del séptimo piso, que todavía humeaba.

Disimulado entre el gentío, divisé la inconfundible figura del comisario Santos que salía del edificio, cuaderno de notas en mano, probablemente después de interrogar a los testigos. Parecía disgustado. Se dirigió a uno de los coches patrulla y, como en las películas de la tele, se inclinó y habló por un micrófono. Estaría proporcionando a todos los agentes de la ciudad la descripción de un chico así como yo, bajito e irresponsable, con la orden de que se lanzaran inmediatamente a su busca y captura.

Afortunadamente, en seguida comprobé, gracias a los comentarios de los enteradillos, que en eso al menos me equivocaba. «Una explosión de gas —decían—. Un accidente». Sirvent se había preocupado de aleccionar a Elisa para que no hablara de mí. Ya se encargaría él de ajustarme las cuentas, con la ayuda de sus esbirros pelones. No quería correr el riesgo de que el comisario Santos me relacionara con él y me preguntara cuál era exactamente el vínculo que nos unía, qué hacía yo en aquel despacho, qué buscaba y qué había encontrado. Si Sirvent convencía al comisario Santos de que yo nunca había estado en su despacho, yo no podría demostrar que había encontrado allí ninguna prueba acusadora, como podía ser, por ejemplo, la pistola. Acaso Sirvent no ignoraba que, las Navidades pasadas, gracias a mí el comisario había resuelto un caso que le había valido el aplauso de sus superiores.

Al recordar el favor que me debía, estuve tentado de acercarme a él y sincerarme. Entregarle la pistola, contárselo todo, confiar en que me iba a creer. Me lo imaginé preguntándome, acusador: «¿Qué haces *tú* con *esta pistola,* chaval?», y desistí de aproximaciones imprudentes. Lo menos que me ganaría sería una bronca por haber invalidado una prueba. Pensé en acercarme y pedirle protección para mi padre. «Si la policía no interviene, destrozarán el bar y le pegarán una paliza a mi padre». Le imaginé diciéndome: «Pruebas, chaval, se necesitan pruebas. No se pone protección policial a cualquiera, solo porque lo pide. Sin pruebas, no puedes acusar a ningún ciudadano, por muy impresentable que sea». «Es que ya nos atacaron una vez», diría yo. «¿Y dónde está la denuncia? ¿Por qué no lo denunció tu padre? A mí no me consta que nadie os haya hecho nada, chaval». También desistí de eso.

Además, no estaba el horno para bollos. De pronto salió Sirvent del edificio y se puso a gritar como si se hubiera pillado el dedo con una puerta. Pensé que el incidente debía de haberlo puesto tan o más nervioso que a mí, y con razón. Pero, mirando bien y asomándome entre los parroquianos congregados, descubrí que el amigo Sirvent estaba dirigiéndose al grupo de *skins,* que aguantaban el chaparrón conteniéndose a duras penas. Sirvent les llamaba imbéciles, subnormales y borrachos.

—Se ve que han sido ellos los que le han pegado fuego al piso —informó uno de los enteradillos, que había pescado la onda correcta—. Jugando, jugando, y bebiendo, bebiendo.

—La culpa la tiene él —comentó otro—, por hacerse con esa gentuza. Los metes en casa y luego pasa lo que pasa.

Policías y bomberos se lanzaron a sujetar a las bestias repentinamente desatadas. Sirvent aullaba: «¡Venid de uno en uno, y veréis lo que vale un peine, desgraciados!». No dejaba de tener gracia que quisiera informar de lo que valía un peine a una pandilla de tipos que tenían la cabeza como bola de billar (por dentro y por fuera). Magnifica interpretación. Si la policía quería saber quién había organizado el desaguisado, ya tenía unos culpables. Ahora, si yo iba a denunciar a Sirvent, sería mi palabra contra la de los *skinheads*. Nada que hacer.

—Y dice que no va a poner una denuncia...

—Claro: como son clientes de su bar...

—Pues luego que no se queje de que le queman la casa.

Nada que hacer. Definitivamente, no estaba el horno para bollos ni para nada.

Me alejé de allí, arrastrando los pies y encorvado, de forma que se marcaba mucho más la joroba de mi mochila en la espalda.

Me sentía cansado. Muy cansado. Muy, pero que muy cansado.

12

A esto se le llama hacer carrera

Entré en el bar de mis padres, subrepticiamente, por el portal de al lado y por la puerta que, desde el zaguán, comunicaba con el pequeño pasillo que hay entre el establecimiento y la vivienda. Muy cerca quedaba el acceso al sótano. Los goznes, bien engrasados, no hicieron ningún ruido cuando emprendí el descenso a la vacilante, escasa e intermitente luz del encendedor. De un armario donde, entre otros trastos, mi padre guarda sus herramientas, seleccioné un pico y una especie de azada.

Estaba decidido a reventar la cañería principal del agua.

A grandes males, grandes remedios. Argumentaba ante mi conciencia que, sin cañerías, no hay agua corriente, y sin agua corriente, mi padre no podría abrir el bar a la mañana siguiente. Y, si no abría el bar, los *skins* tendrían que aplazar el asedio y saqueo para otra ocasión. Reconozco que no era un plan muy sensato.

Me resistía inexplicablemente a contárselo todo a mi padre y preguntarle qué opinión le merecía y qué soluciones se le ocurrían. Supongo que estaba lo que se dice superado por los acontecimientos. Las aventuras de aquel día inolvidable me habían afectado como las experiencias de Vietnam afectaron a esos muchachos americanos que luego llegaron a casa y se pusieron a achicharrar a la gente y otros disparates por el estilo.

Me agaché ante la gruesa tubería que corría al nivel del suelo y la golpeé con la azada. Sonó algo parecido a una campanada aguda e interminable, con ecos que me pareció que se extendían por toda la casa, como un orfeón de sirenas de ambulancia. Me encogí hasta adquirir las dimensiones de un caracol que busca refugio en su cáscara. Mi cáscara era aquel abrigo enorme y harapiento con que me había disfrazado. Abrí dos orejas como dos radares, atento a la menor reacción de los habitantes del barrio. No oí nada. Por suerte, pensé, en mi familia todos tienen un sueño profundo.

Estaba cambiando la azada por el pico, en la creencia de que sería una herramienta más eficaz, cuando los pantalones se me deslizaron piernas abajo debido al peso de la pistola. Recogía pantalones y pistola y me estaba incorporando y, entonces, se prendió la luz del sótano como debían de encenderse los focos para localizar a los fugitivos de los campos de concentración nazis, y me vi iluminado como un actor en medio del escenario, deslumbrado por las candilejas, literalmente con los pantalones bajados y mirando estupefacto a mi padre que, a su vez, me miraba algo más estupefacto que yo.

Dijo:

—¿Quién es usted? ¿Qué hace aquí?

No sé qué iba a decirle. Cualquier tontería. Levanté la mano para explicarme con mayor claridad y resultó que en aquella mano sostenía una pistola y, al verla, mi padre palideció, levantó las manos y gritó:

—¡No dispare! ¿Qué quiere de mí? ¿Qué quiere de nosotros?

Tardé unos instantes en comprender que no me reconocía y que se sentía amenazado por mí. Era lógico, si tenemos en cuenta el sombrero de paja agujereado, el abrigo inmenso, la siniestra joroba, la pistola y, según pude comprobar más tarde, el pelo chamuscado y de punta que asomaba por los agujeros del sombrero, y la cara tiznada de negro, donde refulgían terriblemente mis ojos enrojecidos. Él no me reconocía y yo no sabía qué decir, ni me animaba a dejar de encañonarle con la pistola descargada. Creo que estuve ponderando la posibilidad de ordenarle, con voz cavernosa, que se hiciera a un lado y de salir corriendo de allí y perderme en la noche lanzando carcajadas, para que creyeran que los había visitado un loco fugado de alguna parte. No sé qué balbucí entretanto. Mi padre permanecía inmóvil, en pijama, en actitud de arriba las manos en medio de la escalera. Recuerdo que dijo:

—¡No bajéis! ¡Quedaos ahí arriba! —con una voz tan alterada que, naturalmente, Pili y mi madre bajaron inmediatamente—. ¡Que no bajéis os digo! —repitió mi padre.

Aunque redondeó la orden con un taco sonoro y bisílabo, las dos mujeres de la casa hicieron su aparición en la escalera y allí se quedaron, mirándome fijamente y reconociéndome. Pili no dijo nada, claro, ya sabéis cómo es. Fue mi madre la que musitó:

—Pero si es Juanito.

Hay cosas que recuerdo muy vagamente pero me gusta describir con todo detalle y hay cosas que recuerdo con todo detalle y no me gusta nada, pero que nada, describirlas. La pelotera que se produjo aquella noche en casa pertenece a la segunda categoría.

Digamos, así, por encima, que mi padre inició la algarabía vociferando expresiones del estilo de: «Pero tú qué te has creído, pero tú estás loco, pero se puede saber qué pretendes», mientras mi madre contrapunteaba con: «Déjalo, Juan, seguro que todo tiene una explicación, no saquemos las cosas de quicio, tratemos de ver el lado bueno del asunto», y Pili intervenía sincopadamente para recordar: «Lo ha aprobado todo, este año lo ha aprobado todo» y, finalmente, yo marcaba el ritmo con un monótono: «Es que yo, es que yo, es que yo». Mi padre me arrebató la pistola y bailó una danza de guerra y escándalo en torno a ella. «¡Una pistola de verdad, una pistola de verdad! —gritaba—. ¡Si te hubiera dado un par de tortazos bien dados en su momento...!». Metió el arma en el cajón del bar donde guardaba los billetes y echó la llave. Aquel cajón sabía abrirlo yo con un clip torcido: era una de las primeras ganzúas que había aprendido a confeccionarme y el primer cajón con que me había entrenado, pero ni siquiera pensar en eso me alegró el semblante.

En justicia, no puedo reprocharle a mi padre que se pusiera un poco nervioso. Hay que reconocer que eso de encontrar a un hijo (al que se supone en un pueblo remoto en compañía de una motorista borracha) en el sótano de casa, oliendo a humo, con heridas y quemaduras varias, la ropa hecha jirones, con un abrigo apestoso, un sombrero de paja agujereado, saboteando con un pico las cañerías caseras y amenazándole con una pistola, no es algo que les ocurra a la mayoría de padres todos los días.

Predominó al fin el falsete de mi madre, poniendo sensatez y orden a la escena:

—Basta ya, Juan. ¿No ves que se ha hecho daño? ¡Juanito! Mañana habláis, tú y tu padre. Ahora vete a bañar, tómate un vaso de leche caliente y métete en la cama, que debes de estar cansado.

—Mañana hablaremos —sentenció mi padre.

Y, con estas palabras y un portazo, dio por terminada la función.

Me di un baño, escuché los consejos de mi madre («Sobre todo, mañana no le lleves la contraria, tu padre te quiere mucho, por eso se enfada tanto y dice cosas que no debería decir») y me fui a la cama completamente derrotado.

Pili vino a visitarme de extranjis, con ojos de incondicional admiración y, para animarme un poco, me contó que debía de haber pillado a mi padre en horas bajas porque aquella tarde había vuelto a la carga la señora estrafalaria que lo había llamado tímido. Al parecer, había irrumpido en el bar a última hora de la tarde y había estado tomando unas cuantas copas de anís, como para darse ánimos. Y, al fin, había exclamado: «¡No lo pienses ni un momento más, vence tu timidez, tú y yo tenemos que casarnos!». Mi padre había intentado pararle los pies diciendo: «Señora, por favor», pero ella insistía en montarle una escena: «Sé que tú me amas, me lo ha dicho un pajarito», y trató de agarrar la mano de mi padre por encima del mostrador y, de pronto, se cayó del taburete y se había hecho daño en un pie. A partir de ahí, todo fue llanto y confusión. «¡Qué desgraciada soy! —proclamaba—. ¡Qué sola me siento!». Mi padre no sabía dónde meterse. Le decía: «Señora: si no sabe aguantar la bebida, más vale que no abuse de ella. Y debería entender que esas cosas no se le dicen a un hombre casado». «¿Pero tú estás casado? —chilló la señora estrafalaria—. ¡No, no me engañarás! ¡Lo que pasa es que eres fiel hasta más allá de la muerte! Si eres casado, vamos a ver, ¿dónde está tu mujer?». Y mi padre que dice: «En la cocina, en la nevera», queriendo decir que mi madre estaba ocupada descongelando y limpiando la nevera, pero la señora Romero recordaba muy bien la conversación del día anterior sobre Walt Disney y sacó sus propias conclusiones: «¿La tiene congelada en la nevera de casa? —chilló—. ¿Me está diciendo que tiene a su mujer congelada en la nevera de casa?». Le dio un ataque de nervios y tuvieron que llevársela entre cuatro clientes, en volandas.

Nos reímos muy a gusto y le agradecí a Pili que hubiese acudido a endulzar mis amarguras pero, al terminar de contarme la anécdota, añadió: «Me temo que papá sospecha que tú estás también detrás de este incidente», y se acabaron las risas.

Se acabaron las risas.

A la mañana siguiente, papá abriría el bar ignorando que, al hacerlo, daría paso libre a los *skins*, y entonces sí que se acabarían las risas de golpe. A golpes. ¿A qué hora vendrían? ¿A las diez? ¿A las once? Qué más daba. No me quedaría más remedio que confesar todo lo que me había sucedido, todas las barbaridades que había cometido, y cabía suponer que, a continuación, él me llevaría de la oreja al despacho del comisario Santos.

Pensaba que no podría dormir, pero estaba agotado y al cabo de un rato me quedé completamente frito.

Me desperté a las ocho, descubriendo dolores y hematomas que el día anterior, entre carreras y peripecias, habían pasado desapercibidos. Me pareció que no podía mover la pierna derecha, porque todavía llevaba puesto en la cadera el puntapié que me había propinado el *skin*, y durante un rato sentí inerte el brazo izquierdo, de resultas del batacazo que me había pegado en mi accidente de contenedor. Aparte de eso, me pareció que un lado de la cara me pesaba el doble que el otro y el cerebro me latía dolorosamente, como si alguien se entretuviera en darle golpecitos distraídos, siguiendo el ritmo de alguna canción machacona. Machacona era la palabra exacta. Que machaca.

Me estaba vistiendo a cámara lenta cuando se abrió la puerta de la habitación. Di un respingo, temiendo que se tratara de la anunciada visita de mi padre, pero me tranquilicé al ver que era Pili.

—No me mires —le pedí—. Debo de tener un aspecto monstruoso.

—Tienes mejor aspecto que ayer —me tranquilizó ella, dándome un beso—. Hoy casi pareces un ser humano. No una persona, pero sí un ser humano. —Continuaba empeñada en alegrarme la vida. Fue al grano—: Hay un señor que insiste en verte. Dice que es periodista.

Me había olvidado por completo de Adrián Cano.

—¿Y papá? —pregunté, aprensivo, mientras terminaba de calzarme.

—Papá y mamá han salido. No han abierto el bar todavía. —Me pareció que Pili estaba dando a sus palabras más significado del que yo podía captar.

—¿Dónde han ido?

—Al ambulatorio. Dicen que hay un Centro de Asistencia Psicológica y quieren preguntarle al psicólogo qué pueden hacer contigo.

—Ah.

Me reuní con Adrián Cano en el comedor, donde Pili me tenía preparado un desayuno a base de café con leche, tostadas, mantequilla, mermelada, pastas variadas y zumo de naranja. Lo encontré excitado y expectante, como el alumno que se ha esmerado mucho en su trabajo de fin de carrera y espera la benevolencia de un tribunal muy severo. Se había ataviado con vaqueros y una cazadora estilo Indiana Jones, que debía de darle un calor horroroso, para ponerse a la altura de lo que suponía que Sibila esperaba de él. Me pareció que, al menos, tenía algo que decir.

—¿Qué has averiguado? —inquirí en plan jefe de la empresa.

—Nada...

—¿Nada?

—Bueno, casi nada. Bueno, muy poco. Bueno, no sé si va a servir —protestó—: ¡Cuando me encargaste el asunto *ya era de noche*!

Podría haberle replicado que, desde que le encargué el asunto, yo había averiguado más cosas de las que él averiguaría en toda su vida, pero me callé porque estaba de buen humor.

—Venga. Va. Suéltalo ya.

Pasó el examen oral mientras yo untaba bizcochos en el café con leche.

—Bueno, sobre todo estuve estudiando qué quería decir eso de los censos.

—Cuéntamelo, que lo entienda yo.

—El censo es una figura jurídica... —titubeó, nervioso—: ¿Cómo te lo explicaría? Es un derecho que se reservaba el dueño de una propiedad cuando se vendía esa propiedad.

—¿Qué derecho? No lo entiendo. O la vendía o no la vendía. Si yo compro una propiedad, la propiedad es mía.

—No exactamente. No si hay un censo de por medio. Es algo así como vender pero menos. No sé cómo explicarlo. Yo te vendo esto —y puso como ejemplo un cruasán— con la condición de que tú, además de lo que me pagas por él, también me pagues, cada año, una cantidad determinada.

«Nueve pesetas pagaderas en el día de San Juan», recordé.

—Pero esa cantidad no importa. Con el paso de los años y la inflación, esos pagos pasan a ser ridículos. —Efectivamente. Yo ya había pensado que el derecho a cobrar nueve o trescientas pesetas el día de San Juan no me parecía motivo para asesinar a nadie. Pero...—. Lo que verdaderamente importa en este caso es el «derecho de retracto».

—¿El derecho de...?

—Retracto. Quiere decir que... Para que lo entiendas... —me lo explicó muy lentamente, para que yo pudiera escucharle muy atentamente—. Si tú eres propietario de un terreno afectado por un censo y lo vendes a otra persona sin avisar al propietario del censo, este tiene derecho, durante el plazo de un año, a recuperar el terreno pagándole al comprador la misma cantidad que él te ha pagado a ti... ¿Lo comprendes?

Me quedé pensativo, mirando a ninguna parte, con el bizcocho goteando por mi mano en dirección al codo. Repetía mentalmente, para entenderme: «A vende un terreno a B. El terreno está bajo un censo propiedad de C, lo que quiere decir que C tiene el derecho, durante un año, de recuperar el terreno pagándole a B lo mismo que B pagó a A. Y B se queda con un palmo de narices». Leyendo este párrafo unas cuantas veces todo queda muy claro. Por eso dije, de pronto:

—Claro.

—¿Lo entiendes? —se maravilló Adrián Cano.

—Lo estoy entendiendo —respondí, meditabundo—. Lo estoy entendiendo todo. —Y era verdad—. La clave está en fijarse en quién se queda con un palmo de narices. —Volví a la realidad—. Bueno, ¿y qué más? Eso era lo que decía el artículo que te di. Para saber eso, podría haberlo leído yo mismo.

El periodista pareció desanimarse mucho.

—Pues... no... No tengo mucho más. Solo que estuve repasando los negocios inmobiliarios que se han hecho recientemente en la ciudad. Que son infinitos, imagínate.

—Tiene que ser una compra de terrenos importante —murmuré—. El Torrent. Y lo ha comprado COYDESA.

—Eso te iba yo a decir. Ese era uno de los negocios que descubrí. Dije: «Vaya, qué casualidad, precisamente en el barrio de Sibila». Son los terrenos que hay frente a la casa de Sibila, ¿verdad?

—No: ese es el solar de las Barracas. Pero El Torrent está un poco más allá, sí. Y van a construir un hipermercado.

—Eso es. —Observé que le hacía profundamente desgraciado ver que yo me adelantaba a casi todas sus noticias—. Eso te iba a decir. Eché una ojeada al historial de COYDESA. COYDESA era una empresa importante hasta hace poco más de dos años, pero se embarcó en una promoción inmobiliaria gigantesca que resultó un fracaso y, desde entonces, ha estado al borde de la suspensión de pagos. Por lo visto, ahora levanta cabeza. O sea: Se juega todo su futuro a la carta del hipermercado. Ha sido una buena jugada, no creas. Seguramente, los de COYDESA tendrían algún contacto en el Ayuntamiento y, gracias a él, fueron los primeros en enterarse de la próxima construcción de la prolongación de la Gran Avenida por el solar de las Barracas y compraron una docena de parcelas de huertos colindantes por cuatro chavos.

—Los terrenos de El Torrent.

—Eso es. Pasados cuatro días, una vez recalificados los terrenos y hecho público el proyecto de la Gran Avenida, se vieron ante el negocio del siglo. El valor de aquellos terrenos subió de golpe. Habían pagado por ellos unos trescientos mil euros, y ahora están a punto de cerrar un trato con la cadena de los hipermercados para vendérselos por nueve.

—¿Millones? ¿Nueve millones? —Casi me atraganto. Era incapaz de imaginar tanto dinero junto.

—Nueve millones, sí. Esa es la historia de COYDESA. ¿Te sirve de algo todo esto?

Levanté vivazmente la mirada. Creo que de mi cuerpo se desprendía una luminosidad irreal. Si hubiera estado en una aldea perdida en la selva de Papuasia, los indígenas se habrían postrado ante mí para adorarme.

—¿Que si me sirve de algo? ¡Vamos, de prisa, que para luego es tarde!

Recogí un clip al vuelo y, después de retorcerlo convenientemente, hurgué con él en el cajón del mostrador donde mi padre suele guardar los billetes. Saqué de allí la pistola Star y la metí en la mochila. A la vista del arma, Adrián Cano casi cae fulminado, víctima de un infarto. Pili, que había sido testigo mudo y diligente de nuestra conversación, ni siquiera pestañeó.

—¿Qué les digo a los papás cuando vuelvan? —preguntó.

Me detuve a reflexionar una buena respuesta. Tenía que ser breve pero conciliadora.

—Diles que de acuerdo. Que iré a visitar al psicólogo, a ver qué puede hacer por mí.

—Bien —se conformó Pili.

—Vamos.

No sé por qué me entraron tantas prisas dentro del bar. No sé por qué tiré de Adrián Cano como si estuviéramos en la salida de las veinticuatro horas de Le Mans. Tal vez fue pura intuición. Porque, dentro del bar, no había ningún motivo para salir corriendo.

Era en el exterior donde nos aguardaba un motivo para ello.

Un coche gris metalizado, de marca extranjera, estaba aparcado en la esquina, a unos ochenta metros de nosotros, con dos ruedas sobre la acera. Y un hombre disfrazado de ejecutivo agresivo, con su traje gris metalizado, tan elegante que también parecía de marca extranjera, con sus gafas oscuras, su pelo un poco alborotado, su corbata atrevida, sus zapatos brillantes, su cara de anuncio de seguros a todo riesgo. El hombre, al vernos, hizo un gesto como para llamar a un taxi, «¡Eh, chico!», y se encaminó hacia nosotros.

El Renault Clío de Adrián estaba justo delante del bar, al alcance de nuestras manos.

—¡Corre, corre! —le dije al periodista, al tiempo que le daba un empellón.

Ya teníamos práctica en montar en aquel coche y hacerlo arrancar antes de que nos atraparan. Al ver nuestra premura, el hombre disfrazado de ejecutivo echó a correr y repitió: «¡Eh, chaval!». Casi nos alcanzó pero, al ver que el Renault Clío se alejaba, dio media vuelta y prosiguió su carrera en dirección contraria. El automóvil fue a su encuentro como un perrito dócil, por lo que deduje que en su interior habría otro ejecutivo como él, quizá más, y tan agresivo como él, quizá más.

—¡Acelera, acelera! —gritaba yo.

—¿Pero por qué? —se resistía verbalmente Adrián Cano mientras su pie aceleraba, más obediente que él.

—¡Porque nos persiguen!

—¿Que nos persiguen? ¿Quién nos persigue?

—¡Los de ese coche gris! ¿Es que no te has dado cuenta? ¡Acelera!

Bastó con que Adrián mirara por el retrovisor para que, *ding dong,* sonaran las doce, se deshiciera el hechizo, y el intrépido aventurero se convirtiera de nuevo en el entrañable Adrianito. Empezó a sudar.

—¿Pero por qué nos persiguen? ¿Quién era ese tipo?

—¡Luego te lo cuento! ¡Ahora corre!

—¿Pero adónde vamos?

Hay que reconocer que era una buena pregunta. Una buena pregunta que yo no quería contestar con claridad.

—Vamos al barrio de Gracia. Ahora, toma por las Rondas.

—¡Nos matarán! —dedujo mi heroico compañero, en pleno ataque de pánico.

Me horrorizó ver que el coche gris aceleraba y acortaba las distancias rápidamente. Estábamos en la Avenida, y nos dirigíamos hacia el acceso a las Rondas. Agarrotado, vi cómo el coche gris nos adelantaba y trataba de cruzarse ante nosotros. Adrián dio un inesperado golpe de volante, estuvo a punto de llevarse un motorista por delante y, a continuación, se saltó un semáforo. El coche gris y extranjero hizo lo propio.

Gritos, un chillido de Adrián, clamor de bocinazos.

«Nos matarán —pensé, dejándome contagiar por la histeria de Adrián Cano—. Vienen a matarnos. Son muchos millones los que hay en juego, ya han matado una vez».

—¿Pero por qué vamos a Gracia? —preguntó Adrián, un poco desquiciado, tal vez para amenizar el viaje—. ¿Qué vamos a buscar allí?

—Ya te lo contaré.

—¡Cuéntamelo ahora!

—¡Lo sabrás a su debido tiempo!

—¡Cuéntamelo ahora o paro el coche inmediatamente!

—No creo que pares el coche —le desafié—. Me parece que esos que vienen detrás tienen pistolas. Ya se han cargado a uno, Adrián.

Se estremeció y apretó más el acelerador. Enfilamos el acceso a las Rondas, nos sumergimos en la autopista que circunvala la ciudad. Allí, en principio, no podrían hacernos nada, no podían cruzarse ante nosotros sin arriesgarse a provocar un accidente de magnitud catastrófica.

—¿Son los asesinos? ¿Pero no decías que el asesino de Herrera era Sirvent?

—Estos son los jefes. Los que le pagaron para que lo hiciera.

Deglutió saliva ruidosamente. «¡Glup!».

Íbamos a ciento cincuenta por hora y el Renault Clío vibraba y Adrián ponía cara de velocidad, como si estuviéramos a punto de atravesar la barrera del sonido.

—No pretenderás correr más que ellos con este coche, ¿verdad?

—¿No? —se sorprendió.

—¿Tú has visto el buga que gastan?

—¿Pues entonces qué hago? —chilló, desesperado, al borde del llanto.

Esquivamos a un coche por centímetros, chirriaron las ruedas del vehículo, por un momento creí que rebotábamos en el pretil de cemento de la autopista. De nuevo clamor de bocinazos.

Y, mientras nosotros nos la jugábamos a cada maniobra, el coche gris se mantenía detrás de nosotros con la suavidad y la elegancia del vuelo de un albatros.

¿Qué podíamos hacer? ¿Pasar el resto de nuestras vidas dando vueltas a la ciudad? ¿Esperar a cruzarnos con un coche de policía, sacarles la lengua, hacerles cortes de mangas, provocar que nos detuvieran?

No había ningún poli a la vista. Como dice mi padre, solo aparecen cuando tienen que ponerte una multa.

Vi el letrero que anunciaba la proximidad de una salida. A mil metros. Ahora íbamos zumbando, perseguidos y perseguidores, por el carril central de la autopista.

A la derecha, unos trescientos metros por delante, un tráiler de un montón de toneladas iba lanzado a tanta velocidad como nosotros.

Tuve una idea desesperada:

—¡Corre, Adrián, adelanta al tráiler! ¡Acelera!

—¿Para qué? —No captaba la idea.

—¡Hazme caso y no preguntes! ¡Acelera!

Redujo a cuarta para dar impulso al coche. Inmediatamente, redujo a tercera y continuó acelerando. Rugió de espanto el motor, gimieron aterradas las ruedas, temblaron de pánico las puertas y el capó.

—¿Qué hago? ¿Le adelanto y qué hago?

Quinientos metros para la salida. Aún estábamos unos cincuenta metros por detrás del camionazo.

—¡Le adelantas antes de que llegue a la salida, te cruzas por delante de él y sales!

—¿Me cruzo delante de él? —Palideció.

—¡Y sales, sí, señor! ¡Ellos no podrán hacer lo mismo!

—¡No puede ser! ¡No hay tiempo!

Estaba frenético.

—¡Hay tiempo de sobra!

Yo también estaba frenético. Pisé su pie y le obligué a clavar el acelerador hasta el fondo.

—¿Qué haces?

—¡Correeee!

El coche gris nos seguía sin dificultad. Pensaban que intentábamos dejarlos atrás por velocidad y, seguramente, sus ocupantes sonreían divertidos y un poco insultados, «a quién se le ocurre, con un utilitario», ante lo ridículo de nuestras intenciones.

Nos pusimos a la altura del tráiler. Qué rápido iba, qué largo se hacía adelantarle.

—¡Vamos, vamos, Adrián!

—¡No lo lograremos! ¡El tráiler se nos llevará por delante!

El morro de nuestro coche asomó por delante del morro del camión. A la derecha, vi el carril de salida espantosamente cerca.

—¡Acelera!

—¡No!

—¡Tuerce!

—¡No!

Puse una mano sobre el volante.

—¡Tuerces tú o tuerzo yo!

Quedaban unos doce metros para la salida y solo le llevábamos seis de ventaja al tráiler. O cinco. O tal vez diez, pero a mí me parecía una distancia corta y totalmente insuficiente.

Adrián torció.

13

Los trenes no pasan dos veces

Yo tenía una ventaja sobre Adrián: no conducía y, por tanto, podía cerrar los ojos. En mi oscuridad, oí perfectamente el chirrido de las ruedas, el terrible bocinazo del camión y sentí la bofetada de una ráfaga de aire poderosísima a través de la ventana abierta. Un huracán que me erizó todo el pelo del cuerpo. Todo, de la cabeza a los pies.

Cuando abrí los ojos, me vi en el carril de salida, encajonado entre dos paredes, a velocidad de vértigo, y tuve la premonición de que íbamos a rebotar de una pared a otra fatalmente. Aulló el freno un instante. Lo soltó Adrián. Dimos un bandazo. Volvió a pisarlo.

Poco a poco, empezamos a perder velocidad.

—Muy bien, Adrián —le felicité—. Fantástico.

—Nunca más —musitaba el periodista—. Nunca más.

Su rostro tenía un tinte blanco francamente enfermizo. Si al mirarle hubiera descubierto que se le había vuelto todo el pelo blanco de golpe no me habría sorprendido lo más mínimo. Más bien me extrañó que lo conservara del mismo color.

Me volví en el asiento. Ni rastro del coche gris metalizado. El tráiler le había impedido torcer para enfilar la salida, los coches que venían detrás le habían impedido frenar y, ahora, la autopista se había convertido en una trampa para sus ocupantes. Tardarían dos o tres quilómetros en encontrar una salida.

Adrián Cano clavó el freno tan en seco que casi me estampo contra el parabrisas. Lo miré, sorprendido de que hubiera conseguido sorprenderme.

—¿Qué haces?

—Que me lo cuentes todo —dijo, con firmeza apuntalada por el pánico—. Ahora ya no nos siguen. De manera que, o me lo cuentas todo, o te dejo aquí.

No sabía dónde estábamos. Habíamos salido por una de las desviaciones de las Rondas al azar, la que nos había pillado más a mano. Ahora nos encontrábamos entre bloques de casas construidos en serie, con ropa tendida, calles sin asfaltar, chillidos de niños empapados en torno a una fuente rota, alaridos de señoras agarradas a carritos de la compra vacíos. Como en mi barrio, solo que no era mi barrio. La estación de metro más próxima debía de estar a decenas de quilómetros de allí. Tardaría años en llegar a Gracia por mis propios medios.

—Está bien —accedí—. Arranca. Te lo contaré todo.

—No: primero me lo cuentas todo, y luego arranco.

—Es muy largo —protesté—. Y es preciso que lleguemos a Gracia cuanto antes. Si vamos a llegar tarde, ya no merece la pena que te cuente nada.

—Está bien.

Puso en marcha el Renault Clío a regañadientes y yo procedí a ponerle al corriente de mis deducciones sin abreviar ni darme ninguna prisa.

Le dije que había un censo que gravaba uno de los terrenos de El Torrent.

Hacía cosa de un año, COYDESA había comprado aquellos terrenos por cuatro chavos, los terrenos habían subido de precio, y la venta de aquellos terrenos a la cadena de hipermercados por nueve millones de euros se anunciaba como el negocio del siglo.

—¿Te imaginas lo que pasaría —pregunté— si en este momento aparece el dueño del censo y reivindica sus derechos?

El dueño del censo disponía de un año para comprar su terreno por el precio pagado por COYDESA, o sea que, ley en mano, pagaría por su terrenito menos de cuatro chavos, digamos un chavo, menos aún de un chavo, porque normalmente en las escrituras consta una cantidad inferior a la que se ha pagado. Y ese advenedizo dueño del censo quedaría en disposición de decir a los de COYDESA: «Muy señores míos: si quieren este terrenito, tendrán que pagarme lo que yo les pida». Y, si no, el negocio del hipermercado se iba al cuerno. Si el terreno estuviera en mitad de la parcela, por pequeño que fuera, la cadena de hipermercados se retiraría de inmediato del negocio. La compra no tendría sentido: sería como adquirir una preciosa alfombra persa con un agujero de un palmo en el centro.

—¿Y por qué no le compraban su derecho al propietario del censo? —objetó Adrián Cano—. Podrían haberlo hecho. Si el propietario del terreno se lo exige, el propietario del censo está obligado por ley a vender sus derechos.

—A saber. Porque no pudieron localizarle, por ejemplo —aduje—. O por desidia, porque pensaron: «Si aparece y reclama, ya negociaremos». Porque vete tú a saber dónde están ahora los tataranietos del dueño del censo. A lo mejor no saben ni que poseen esos derechos. A lo mejor no saben ni lo que es un censo. A lo mejor los de COYDESA trataron de localizarlos y no lo consiguieron. No lo sé. Lo que sé es que Sebastián Herrera sí que los localizó.

—¿Los localizó?

—Sí: trazó un árbol genealógico desde el dueño del censo, el señor... —consulté mi cuaderno microscópico— Serratusell. Herrera era mayor, era del barrio y había trabajado en una gestoría. El sí que pudo reconstruir la historia de la familia Serratusell... hasta llegar a su tataranieta, o lo que sea. La señora Montserrat García Roca. Y averiguó dónde vivía la señora en cuestión. Y, entonces, nuestro amigo Sebastián Herrera decidió hacer un chantaje.

—¿Un chantaje?

—Si Herrera contaba todo lo que sabía a los herederos del censo y estos actuaban como tales, los de COYDESA perdían el negocio del siglo. El negocio de su vida porque, según me has dicho tú, en esta transacción se juegan su futuro. Además, se trataba de una empresa importante, que mueve cantidades astronómicas. Ellos podían pagar a Herrera el cochazo que tanta ilusión le hacía. Les diría: «He localizado al propietario del censo. De momento no le he dicho nada, pero si no me pagan ustedes lo que yo les pida, me pongo en contacto con ellos y paralizo su fabuloso negocio». No sé cuánto les pediría, pero es evidente que no le dieron lo que él quería. Le dieron una propina. Herrera protestó ante los empleados de *La Rive Gauche.* Una voz anónima lo telefoneó mientras él estaba dándole la tabarra a don Atilano. Me imagino que le dirían: «No te pases». Él se puso farruco. Y, entonces, a alguien de COYDESA se le ocurre pensar en Miguel Sirvent, aquel tipo que antaño trabajó para ellos y que, casualmente, vive en el mismo barrio que Herrera. Muy mala gente. Quién sabe si no lo echaron precisamente por lo mala gente que era. El caso es que alguien piensa en él y dice: «Esto nos lo arregla Sirvent en un periquete». Y Sirvent lo arregló. Cuatro tiros a Herrera y santas pascuas. El mismo Sirvent pediría: «Aparte de lo que me paguéis, quiero que me busquéis a un cabeza de turco». Y los otros le prepararon un chivo expiatorio, una coartada. A nuestro pobre Reyes Heredia le tocó la china. Lo que haga falta.

Hablando, hablando, habíamos llegado a las intrincadas calles del barrio de Gracia. Yo había estado intercalando en mis explicaciones unas cuantas consultas a la guía urbana y unas cuantas indicaciones a Adrián que nos condujeron directamente a nuestro destino. Él fue obedeciendo mecánicamente, más atento a la construcción del rompecabezas que a la finalidad del viaje. Dejamos el coche en un aparcamiento subterráneo y salimos a la superficie.

—Pero, a todo esto —reaccionó alegremente Adrián, una vez liberado de la distracción de conducir—, no me has dicho dónde vamos.

—A casa de la señora Montserrat García Roca, la heredera por línea directa del señor Serratusell. La actual dueña del censo. Herrera tenía su dirección.

—Ah —soltó el periodista en el tono de «haberlo dicho antes». Y guardó un silencio reflexivo. Nos encaminamos a un modesto edificio que quedaba cerca de allí. Íbamos a entrar en él cuando Adrián comprendió por qué no se lo había dicho antes y reaccionó deteniéndose en seco—. ¿Y para qué vamos a ver a esa mujer?

—Para contárselo todo, claro está. Para decirle lo que Herrera tendría que haberle dicho.

—¡Pero, entonces, echarán a rodar el negocio de COY-DESA!

—¡Claro! ¡Por eso voy a decírselo! ¡Quizá no pueda meter en la cárcel al asesino, pero no voy a permitir que hagan un negocio sobre la muerte de un hombre!

—¡Pero tú estás loco! —chilló mi acompañante en mitad de la calle. Me miraba como si yo acabara de apurar de un trago el brebaje del doctor Jekyll—. ¡Se echarán sobre ti como fieras!

—Que lo intenten. Tú haz lo que quieras. Si no quieres subir, no subas, pero aquí tienes el reportaje de tu vida, Adrián. Piensa en Sibila.

No tenían portero automático. Era un portal estrecho y oscuro que más de un desaprensivo había utilizado como urinario. Subimos por unas escaleras gastadas, oscuras, resbaladizas y peligrosas. Adrián Cano me seguía por inercia, tal vez por miedo a quedarse solo en la calle.

—¡Pero, Flanagan! —decía—. ¡Pero, Flanagan!

Montserrat García vivía en un tercer piso sin ascensor. Llegamos sin resuello. Llamé a la única puerta del rellano.

Pasaron unos instantes de silencio y nerviosismo. Adrián se retorcía los dedos hasta hacer crujir las articulaciones y se estaba mordiendo el labio inferior como si quisiera arrancarle sangre. Al fin, se oyó un rumor de pasos que se arrastraban y una señora de unos cuarenta y cinco años abrió la puerta.

—¿La señora García Roca? —pregunté.

—Yo misma. ¿Qué desean?

Sus ojos bailoteaban de Adrián a mí, de mí a Adrián. Se me ocurrió que estaba extrañamente nerviosa.

—Traemos buenas noticias para usted. ¿Podemos pasar?

—¿Buenas noticias? —Aquella mujer tenía el aire de no haber recibido buenas noticias en su vida—. Es que ahora...

—No venimos a venderle nada —dije para tranquilizarla—. De verdad. —Tal vez, si le adelantaba algo de lo que teníamos para ella, nos permitiría pasar y nos consideraría amigos para siempre—: ¿Tiene usted un antepasado apellidado Serratusell?

Los ojos bailones de la señora se fijaron en mí. La afirmación se entretuvo un poco en la punta de su lengua antes de que se le cayera, casi sin querer:

—El bisabuelo Ramón, sí —dijo.

—Bueno, pues ese caballero tenía propiedades en Barcelona...

—¡Vaya! ¡Mirad a quién tenemos aquí! —exclamó una voz al fondo del pasillo.

La señora, frotándose las manos, inquieta, se volvió hacia el personaje que había hablado y que se aproximaba con sonrisa de anuncio. El pelo cuidadosamente alborotado, el traje gris metalizado, la corbata atrevida, los zapatos brillantes. El tipo que creíamos haber despistado.

—¡Hola, muchacho! ¡Pasa, pasa! ¡No te quedes ahí, en la puerta! —como si fuera el dueño de la casa. Se había hecho el dueño de la casa. Acababa de comprar la casa con inquilinos y todo.

Adrián tuvo un estremecimiento e hizo amago de salir corriendo pero, a su espalda, había aparecido un personaje excepcionalmente alto, un ejecutor agresivo disfrazado con traje demasiado estrecho. Nos cerraba el paso. Y estaba dispuesto a continuar cerrándolo por la fuerza, si le poníamos las cosas difíciles.

—Pasad, pasad —insistía el animador de la fiesta.

No quedaba más remedio. Pasamos. Con una rabia infinita apretada dentro del puño, avanzamos hasta un pequeño comedor decorado con muebles pasados de moda. Había manchas de humedad en las paredes, el empapelado hortera necesitaba una urgente renovación, y las cortinas de las ventanas habían perdido color después de muchos lavados. La gente que vivía en aquella casa tal vez no fuera lo que se dice pobre de solemnidad, pero era evidente que no le sobraba el dinero. Allí estaba el marido de doña Montserrat García, un hombre mayor que ella, que andaba un poco encorvado y que tenía una mirada apagada, como si, escaso de ilusiones, se hubiera resignado a la idea de una vida monótona y gris para los restos. Había también un tercer hombre elegantemente trajeado. Este parecía el más distinguido de los tres intrusos. Grueso sin llegar a gordo, un poco calvo, con sonrisa de patriarca benévolo acostumbrado a contemplar desde las alturas las travesuras que cometían sus hijos, acostumbrado a castigar con rigor y por su bien lo que haga falta y a perdonar los pecadillos que no tuvieran demasiada importancia. Nos miró, a Adrián y a mí, como si fuéramos sus hijos tontos y eso nos hiciera los predilectos.

Sobre la mesa del comedor, debajo de una lámpara demasiado grande, que colgaba demasiado baja, había un plano de El Torrent cuya superficie se veía dividida en pequeñas parcelas. Casi en el centro, había una, muy pequeña, marcada en rojo. El agujero de palmo en medio de la alfombra persa. Junto al plano, habían abierto un maletín muy parecido al que yo había visto en casa de Sirvent: resistente como una caja fuerte. Se parecía también a una caja fuerte en que estaba repleto de billetes de curso legal.

Tendríamos que haberlo previsto. Si Sirvent conocía la dirección de Montserrat García, sus contratantes también debían conocerla. No habían acudido antes a la dueña del censo porque, como averiguaría después, el año de derecho de retracto del censo estaba a punto de cumplirse. Diez días más y a Montserrat García le caducaría la oportunidad de comprar el terreno por el mismo precio que habían pagado los de COYDESA. Por eso, creyeron que les resultaría más barato neutralizarme a mí. Fracasados en su intento, se habían visto obligados a jugar su última carta a la desesperada.

—Le estábamos diciendo a la señora García Roca —me explicó el payaso innecesariamente— que les ha tocado esta bonita herencia de ciento cincuenta mil euros. Supongo que tú venías a hablarle de lo mismo a doña Montserrat, ¿verdad? Del censo de su antepasado, Ramón Serratusell. —Aquel tipo me parecía venenoso—. Le compramos los derechos del censo por ciento cincuenta mil euros pagados a tocateja. Ya les he dicho que, por supuesto, no es necesario que lo escrituremos por esa cantidad. Podemos hacerlo en cincuenta mil euros, y estos señores no tendrán que pagar impuestos por los otros cien.

Doña Montserrat García y su marido estaban mirando los billetes con aire alelado, como si los hubieran hipnotizado. No sabían lo que era un censo, para el caso podrían haberles dicho que su bisabuelo tenía un forúnculo y habría sido lo mismo. Pero sí podían formarse una idea de lo que significaban ciento cincuenta mil euros. Quizá, a lo largo de su vida, aquella cantidad de dinero había sido una fantasía tan improbable como la leyenda de la Cenicienta. Pero la fantasía acababa de hacerse realidad y no podían acabar de creérselo.

—¡Un momento! —intervine, justiciero y atolondrado—. ¡No pueden aceptar! ¡Hay un asesinato de por medio!

—¿Qué? —pio doña Montserrat García, como un pajarito asustado.

—¡Estos hombres han mandado matar a otro! ¡Ahora, con todo esto, con este dinero, están tratando de tapar el asesinato!

—¡Para el carro, muchacho! —gritó, con energía demoledora, el animador de la fiesta—. ¡Eso que dices es muy grave! ¿Nos estás acusando de asesinato? —Quería aparentar que estaba enfurecido, pero me dio la sensación de que no hacía más que recitar un papel escrito y aprendido mucho tiempo atrás.

—Forcades, Forcades... —el mandamás pedía moderación. Pero el subordinado, de nombre Forcades, continuaba su número:

—Supongo que tendrás pruebas de lo que dices, ¿no? ¡Vamos a llamar a la policía! Señora: ¿dónde está el teléfono? ¡Vamos a llamar al cero noventa y uno, que este chico quiere hablar con la policía! ¡Y, si no tiene pruebas de lo que dice, entonces le denunciaremos nosotros por difamación y falso testimonio!

Claro que no tenía pruebas, y él lo sabía. Insulté mentalmente a aquel individuo con insultos que jamás me atrevería a pronunciar en voz alta. Pensé en la pistola que me pesaba en la mochila, ¿pero qué podía hacer con ella, si no agravar más aún mi situación?

—No, no —exclamaban doña Montserrat y su marido, temerosos de que aquel escándalo les privase de los veinte millones—. No, no...

—Mira, chico... —dijo doña Montserrat, dirigiéndose a mí—: Nosotros, de eso del crimen, no sabemos nada...

—Ni tienen por qué saberlo —agregó, disimulando mal su contento, el maestro de ceremonias.

—Nosotros no... —murmuraba el hombre desencantado de todo, ocultando detrás de su mansedumbre unas ganas clarísimas de asesinarme.

El hombre grueso, pero no gordo, echó un vistazo significativo al despeinado charlatán llamado Forcades y este, inmediatamente, sacó un documento del interior de su traje gris metalizado.

—¡Al grano, al grano! —gritó de pronto, como el dueño de un puesto de autos de choque animando a la clientela—. Vamos a firmar esto, que quede bien legalizado todo. Aquí dice que hace un par de meses —y me dedicó un reojo cínico, para demostrarme que no tenía por qué callarse nada ante mí, porque sabía que yo no podía hacer nada contra ellos—, hace un par de meses, nos pusimos en contacto con ustedes y hemos estado todo este tiempo negociando hasta acordar el precio de ciento cincuenta mil euros.

—¿Que hace un par de meses que...? —se desconcertó Adrián en voz alta.

—Si hace dos meses que lo negocian, no tiene sentido que Herrera les hiciera chantaje. Y, si Herrera no les hacía chantaje, no tenían ningún motivo para haber hecho que lo mataran —le expliqué yo. Y a los García—: ¡Si firman esto, anularán una prueba de asesinato!

Me parece que Montserrat García y su marido ni siquiera me oyeron. Estaban como atontados, como si los ciento cincuenta mil euros les hubieran caído a la cabeza en un par de enormes sacos repletos de monedas. Forcades, en cambio, me premió la deducción con una sonrisa cínica, «mira lo listos que somos», y prosiguió su conversación con la pareja.

—Ciento cincuenta mil —repitió, por si no estaba claro.

—Ciento cincuenta mil —coreó el matrimonio, deslumbrado, embobado, como si el otro hubiera dicho «Ave María Purísima» y se les hubiera escapado el inevitable «Sin pecado concebida».

Forcades extendió el documento sobre la mesa:

—Esto es un contrato privado, un preacuerdo de negociación que establecimos hace dos meses. Fíjense en la fecha. Léanlo, firmen aquí y, a continuación, iremos al notario a acabar de cerrar el trato.

Me dedicó una mirada de triunfo mientras sacaba una estilográfica de oro y se la tendía a la señora García.

Yo temblaba de furor y de impotencia. Nunca me había encontrado en una situación semejante y me asqueaba hasta la náusea verme involucrado en aquella pantomima sin escrúpulos. Y no podía hacer nada por evitarlo. Pensaba: «Saca la pistola». Pero, ¿y qué? ¿qué haría, una vez que hubiera encañonado a todos con una pistola descargada?

La señora García Roca cogió la pluma. También ella temblaba. Me odiaba. Su conciencia, que había logrado mantenerse amorfa, sin complicaciones ni compromisos, a lo largo de su vida insípida, por mi culpa se estaba despertando para echarle en cara lo que se disponía a realizar. Evitaba mirarme. Yo hubiera preferido que firmara alegremente, «vengan los ciento cincuenta mil», empujada por la ignorancia o la codicia. Pero me dio rabia ver que había captado el mensaje, que sabía perfectamente que aquel no era un asunto limpio, y que, a pesar de todo, se rendía ante el dinero fácil, *se vendía,* con lo que, de alguna manera, aquel acto se convertía en una humillación para ella y para su esposo.

Firmó. En sus manos, la pluma era como una pistola que disparaba contra Reyes Heredia y le acertaba en medio de la frente.

—Muy bien —dijo Forcades, como alegre y triunfal diablo tentador—. Tenemos un notario preparado para cerrar el trato.

—Acompáñelos usted al notario, Forcades —ordenó, con voz grave, el mandamás grueso pero no gordo, cuyo nombre nunca llegué a conocer—. Después, los lleva a celebrar el acuerdo en un buen restaurante. Me llama desde allí y veré si puedo reunirme con ustedes. —Y, sin darles tiempo ni opción a reaccionar—: Si a los señores no les importa, me quedaré aquí con Estévez para charlar un poco con nuestro joven amigo.

Estévez era el altísimo ejecutor agresivo, y «nuestro joven amigo» era yo. «Los señores» eran doña Montserrat y su esposo y, a esas alturas, ya no les importaba nada que no fueran los ciento cincuenta mil. Supongo que, una vez que te has dejado comprar por dinero, todos los demás acontecimientos de la vida se convierten en detalles sin importancia. Adrián Cano estaba de convidado de piedra, tirando frenéticamente de sus dedos, como si quisiera arrancárselos.

Yo olía el peligro. Necesitaba salir de allí de inmediato. Me descolgué la mochila para tener la pistola al alcance de la mano.

En un abrir y cerrar de ojos, los señores de la casa se cambiaron de ropa. Vistieron las galas que creían idóneas para visitar notarios y celebrar comidas en restaurantes caros y salieron del piso, endomingados y repeinados, en compañía del tal Forcades.

En cuanto nos quedamos solos Adrián, Estévez, el mandamás y yo, la temperatura bajó unos cuantos grados de golpe.

—¿Quién es este? —preguntó el mandamás.

Antes de que pudiéramos responder o reponernos del sobresalto provocado por la pregunta a bocajarro, el mandamás señaló a Adrián con un golpe de barbilla, y el gigantesco Estévez dio un paso al frente y puso las zarpas sobre mi compañero. Adrián gimió, se encogió, levantó las manos, seguro de que el matón empezaría a torturarlo inmediatamente. Yo metí la mano en la mochila y empuñé la pistola. Estévez, empero, se limitó a extraer la cartera de Adrián del bolsillo interior de su cazadora, echó una ojeada a la documentación y escupió con desprecio:

—Periodista.

El mandamás me riñó con una mirada dolida. «¿Por qué me haces esto a mí? ¿Por qué te portas tan mal conmigo?».

—Un periodista —se lamentó—. ¿No te parece que es llevar las cosas demasiado lejos?

Miró a su esbirro y movió una ceja. Solo movió una ceja.

Yo había oído hablar de que existe un punto de la mandíbula que, debidamente golpeado, funde automáticamente los plomos de una persona. Ahí es donde pegan los salvavidas cuando tratan de salvar a uno que se está ahogando y patalea demasiado. Ante el peligro de morir ahogados los dos, el buen sentido aconseja golpear, no muy fuerte, en ese punto preciso. Eso convierte al ahogado en ciernes en un objeto inerte, manso y perfectamente transportable hasta la orilla. Bueno, pues Estévez conocía la existencia de ese punto y supo localizarlo en la barbilla de Adrián a la primera. No fue un puñetazo aparatoso, que llegara de lejos, hiciera volar a la víctima y la proyectara contra muebles y cristaleras con gran estruendo. No. Fue un gancho corto, *clac*, algo más bien ridículo, de película antigua, y Adrián cerró los ojos y cayó redondo.

Di un salto atrás, poniendo la mesa de comedor entre ellos y yo. Grité, un poco fuera de mí:

—¿Qué quieren de mí?

—Mira, muchacho —suspiró el mandamás, cargado de paciencia—. Tal como están ahora las cosas, el único que podría volver a liar el asunto eres tú. Has puesto muy nervioso a ese imbécil de Sirvent, ¿sabes? Dice Forcades que le llamó anoche, asustadísimo, suplicando ayuda. Si alguien le denunciara y acabaran deteniéndole por el asesinato de Herrera, igual se iba de la lengua en comisaría y nos buscaba complicaciones —se calló y me miró sonriente.

—¿Qué quiere de mí? —repetí, en otro tono.

—Esa no es la pregunta, chaval —me corrigió, bonachón—: La pregunta correcta, y hace rato que deberías haberte dado cuenta, es *qué quieres tú de nosotros.* Haz tu oferta.

Miré a Estévez, estratégicamente colocado junto a la puerta.

—Quiero que me dejen salir de aquí.

—¿Diez mil? ¿Treinta mil?

—¡Déjeme en paz!

—¿Qué futuro crees que te espera, chaval? Vives en un barrio de mierda, tus padres se sacan un salario de mierda en el bar, te espera una vida de mierda. —Ahora hablaba con un desprecio reposado y cruel. Hubiera preferido que gritara, que me amenazara—. Los trenes no pasan dos veces, chaval. Se te acaba de aparecer el genio de la lámpara, por primera y única vez en la vida. Pide lo que quieras. Para ti, para tus padres. Tú pones el precio. ¿Treinta mil está bien?

Descubrí que no podía hablar. Tenía una bola espesa y amarga atascada en la garganta. No sabía si era miedo, o rabia provocada por el hecho de saber que decía la verdad, que los trenes no pasan dos veces, y que la vida funcionaba así. Doña Montserrat García Roca me lo acababa de demostrar ante mis propios ojos.

Negué con la cabeza, al borde del llanto.

—¿Cuarenta? ¿Cincuenta? —regateaba él solo—. Ya no puedo subir más. ¿Qué tal cincuenta mil y un trabajo en nuestra empresa? Eres listo, chaval. No haría falta que empezaras desde cero. Y, en pocos años, progresarías rápidamente. ¿Qué tal mil al mes para empezar?

No pude aguantar más. Tal vez la tentación era demasiado fuerte, tal vez el tren se paraba ante mí, se abrían sus puertas y yo columbraba, en su interior, un mundo demasiado fascinante, demasiado deseable, demasiado tentador:

—¡No quiero progresar para llegar a ser un asesino como usted! —estallé, con rabia definitiva y, por lo visto, convincente.

El mandamás encajó el insulto con un suspiro. Yo imaginé que el esbirro vendría a por mí y me pareció que había llevado mi honradez y mi dignidad demasiado lejos. Pensé que, en el momento siguiente, me oiría gritar a mí mismo, suplicar perdón, conformarme con cuarenta mil. Subiría al tren, aunque fuera en marcha. Tal vez por eso, para luchar contra la tentación, tiré de la pistola de Sirvent y encañoné a los dos trajeados agresivos. Obligado a elegir entre llorar o gritar, me decidí por la segunda opción. Sabía que la pistola estaba descargada, así que me sentí en la obligación de demostrarles que era mucho más peligrosa de lo que parecía:

—¡Esta pistola es de Sirvent! ¡Con ella mató a Sebastián Herrera! ¡Esta pistola os echará ahora de aquí y esta pistola os condenará a todos! ¡Fuera!

El mandamás se puso en pie.

—Así que esta es la pistola de Sirvent. Entonces es cierto que ese imbécil permitió que se la quitaran. ¿Fuiste tú, chaval? Cuando Forcades me lo contaba, no podía creer que ese Sirvent fuera tan estúpido. Vámonos, Estévez —le dijo, resignado, al gigante—. Este chaval es tonto y no quiere negociar.

—¡Fuera! —volví a gritar.

El mandamás me enseñó las palmas de las manos, «tranquilo, no voy a hacer nada».

—¿Puedo coger el maletín con los documentos? Son de la empresa...

—¡No! ¡Largo de aquí!

En el brevísimo instante en que mi mirada se desvió hacia el maletín, intuí un movimiento del gigante, le vi caer sobre mí y, aun a sabiendas de que la pistola no tenía balas, no fui capaz de apretar el gatillo. Me arrebató el arma de un tirón y me dio un soberbio tortazo que me hizo trastabillar. Por un instante estuve absolutamente convencido de que me matarían.

—Está bien —dijo el jefe del cotarro para calmar al esbirro, que en ningún momento había perdido la calma—. Ve a lo tuyo, Estévez. Yo acabaré de charlar con el chico.

Estévez se metió la pistola en el bolsillo de la chaqueta. Dijo: «Sí», me dirigió una mirada neutra, como si me considerase un mueble raro e inservible, y salió del piso.

—¿Qué quiere hacerme? —pregunté.

El hombre elegante y grueso pero no gordo consultó el reloj. Dijo:

—Son casi las once. No te preocupes. A las dos, podrás irte a tu casa, a comer.

—¿Y qué le hace pensar que no me iré ahora mismo? Si quiero, ahora mismo cojo el portante y me voy.

—Tienes que cuidar de tu amigo el periodista. Aún tardará un rato en despertar. —Hablaba con voz y tono sosegados, firmes, de hombre maduro y bueno de película. Con aquella voz, habría triunfado en el Teléfono de la Esperanza—. Y, además, eres una persona curiosa y quieres oír lo que tengo que decirte.

Después, resultó que no tenía nada que decirme. Empezó haciendo un intento muy poco convincente de justificar la actuación de su empresa.

—El asesinato no forma parte del método de trabajo de nuestra empresa, chaval. No te equivoques. Esa fue una iniciativa del tal Sirvent, que es un animal. La verdad es que ese Herrera nos había puesto al borde del abismo, de la ruina total, y probablemente ese cernícalo de Forcades perdió los nervios. Por su culpa, estuvimos a punto de dar suspensión de pagos hace dos años y, para limpiar su buen nombre, fue él quien puso en marcha el negocio de la compra de terrenos y construcción del hipermercado en tu barrio. Todo eso fue idea suya. Y, cuando las cosas empezaron a ir mal, sabía que se jugaba su puesto, su comisión, su prestigio y hasta el bigote, de haberlo usado. Por eso te digo que es probable que alguien perdiera los nervios. Pero yo estoy seguro de que Forcades no le dijo a Sirvent que matase a nadie. Bueno, pero seguro, ¿eh? Segurísimo. Como mucho le diría: «Párale los pies a ese tipo» o algo por el estilo. Pero Forcades seguro que no habló de matar. El problema es que alguien perdió los nervios, porque hay demasiado dinero en juego. Y que ese Sirvent es un animal. Demasiado dinero en juego, chaval. Ese es el problema.

Luego, fingió que quería tranquilizarme.

—No tengas miedo de nosotros, chaval. A ti no pensamos hacerte ningún daño. Habría que estar loco o muy desesperado para matar a un chico tan popular y tan inteligente como tú. Se abriría una investigación a fondo, habría testigos que asegurarían que estás investigando a COYDESA y, probablemente, incluso aparecerían pruebas que nos inculparían. No: no has de tener miedo, chico.

Miedo era poco: lo mío era pavor. Una especie de pavor retrospectivo porque, por la forma como hablaba aquel monstruo, cabía deducir que habían estado calculando fríamente las ventajas y los inconvenientes que les reportaría mi muerte *(¡¡¡mi muerte!!!)*. No hay bastantes cursivas ni signos de admiración para expresar el terremoto que conmovió mi ánimo.

Redondeó el tema con una frase enigmática:

—Las cadenas siempre se rompen por el eslabón más débil, chaval.

Al fin, por decir algo, estuvo disertando acerca de que así son las cosas y que nadie puede cambiarlas. Todas esas majaderías que se suelen utilizar para justificar lo injustificable. Que se necesita de todo un poco para hacer un mundo: que tiene que haber hombres buenos y hombres malos, actos honrados y canalladas, el que engaña y el engañado. Que siempre habrá trabajos sucios que hacer, y que siempre habrá quien los haga; y que la sociedad funciona como funciona, para bien o para mal, gracias también a los trabajos sucios de quien actúa en la sombra.

Al llegar a ese punto, escupí en el suelo.

Y él calló, y se dedicó a mirar por la ventana.

Unos minutos después, Adrián volvió en sí, muy dolorido y desconcertado. Le ayudé a ponerse en pie y, sin responder a ninguna de sus preguntas, dije:

—Nos vamos.

No había pasado todavía el tiempo reglamentado por el mandamás, pero no nos puso ningún inconveniente. Solo me miró por encima del hombro y, con el infinito desprecio que reservaba a los que no se inclinaban ante el dinero, como si pronunciara la más terrible de las sentencias, me despidió diciendo:

—Nunca tendrás nada, chaval. No tienes nada y nunca lo tendrás.

Salimos a la calle. Montamos en el coche. Adrián me acompañó a mi barrio. Me preguntó qué había pasado mientras él estaba inconsciente y se lo conté en cuatro palabras, de mala gana y de peor humor.

—Lo publicaré en el periódico —dijo al fin—. Haré un artículo...

—... Y la próxima vez a lo mejor no se darán por satisfechos dándote un puñetazo. A lo mejor te darán con un martillo —dije, con una mala idea y una agresividad que no me conocía.

—Lo haré —repitió. Le temblaban los labios mientras lo decía.

—Claro.

Me dejó cerca del bar y corrió a reunirse con su Sibila.

Yo trataba de conformarme:

«No se puede ganar siempre, Flanagan. Tienes que aceptar que siempre habrá enemigos más poderosos que tú».

14

Asunto concluido

Entré en casa tan furibundo que el recibimiento de mi padre a base del clásico: «Te parece que estas son horas, se puede saber dónde has estado, qué has hecho de la pistola, te tengo dicho», etc., rebotó en mí como una pelota de ping-pong rebota en la pared de un frontón.

Mientras él se desahogaba y yo contenía mi impaciencia, celebré para mis adentros que los *skins* no hubieran visitado el bar todavía. Los clientes parecían gozar de buena salud, la cafetera funcionaba aceptablemente, las botellas se veían intactas y las mesas reposaban sobre sus cuatro patas. En cuanto mi padre hizo una pausa para tomar aire, se lo conté todo. Bueno, casi todo. No mencioné que me habían ofrecido cincuenta mil euros y que los había rechazado, ni dije que había incendiado un piso, ni que me había colado en los camerinos de un *music-hall*. Pensándolo bien, apenas hice una breve aproximación de lo sucedido, pero me parece que a los padres siempre se les hace breves aproximaciones de lo sucedido. Y mi padre, como todos los padres ante explicaciones complicadas, escuchó solo un cincuenta por ciento de mis palabras y no se creyó ni una.

Cuando acabé, se frotó el rostro, miró a derecha e izquierda, hizo un chasquido con la lengua y dijo:
—Irás a visitar a un psicólogo.
Y yo dije:
—Sí, papá.
Y luego dijo:
—Y, si todo eso que acabas de contarme es verdad y no son fantasías de tu mente enferma, ahora mismo iremos a la policía y se lo contarás al comisario.
Y yo:
—Sí, papá.
—Mira que vamos, ¿eh? —me amenazó—. Mira que nos presentamos en comisaría.
—Que sí, papá. Creo que tenemos que ir a ver al comisario Santos.
—¿Lo dices de verdad?
—De verdad lo digo.
En la puerta de la comisaría, mi padre volvió a insistir, convencido de que yo me echaría atrás y confesaría que me lo había inventado todo:
—Mira que entramos, ¿eh?
Yo dije:
—Entremos, entremos.
Me miró como asustado.
El comisario Santos era esférico de cuerpo y cabeza, y la ropa le venía pequeña y los muebles le venían grandes. Era apenas una cabecita calva, del tamaño de un garbanzo, asomando por encima de un escritorio de madera muy grande y macizo, pero en sus ojos ardía una autoridad que intimidaba. Eran tan grande la desproporción entre aquel cuerpo y la energía que parecía contener que yo siempre temía una inminente explosión de genio, puñetazos en la mesa, gritos

y blasfemias. Por eso, cuando nos recibió a mi padre y a mí, con aquella actitud tan cordial, encantadísimo de saludarnos, nos sentimos más recompensados que si las atenciones vinieran de otra persona cualquiera.

—Nuestro querido detective Flanagan —dijo. Y recordó, generoso, dirigiéndose a mi padre—: Gracias a él, resolvimos estas Navidades el caso del tráfico de bebés...

Mi padre abrió la boca, pero no consiguió hacer ningún comentario.

—Supongo —hizo una pausa el policía, mientras sonreía, me miraba de reojo y encendía un cigarrillo— que vienes a echarme una mano en el caso del asesinato de Sebastián Herrera, ¿verdad?

Mantuvo el reojo, como diciendo: «Esta no te la esperabas», como diciendo: «La policía lo sabe todo». Me alarmé un poco.

—Pues... sí —asentí, no muy seguro todavía de lo que tenía que contarle.

—Bueno, mi hijo... —pronunció al fin mi padre.

—Lamento decirte que esta vez llegas tarde, muchacho —dijo el comisario, ignorándolo—. El caso está resuelto.

—Pero Reyes Heredia es inocente —protesté.

—Claro que es inocente. —Manifesté mi sorpresa con un movimiento de cejas—. Por suerte, es inocente. Eso lo ha solucionado todo. Desde ayer estoy encerrado en conversaciones con el colectivo gitano de las Casas Buenas. Casi habíamos llegado a un acuerdo, cuando anoche me notificaron que alguien había pegado fuego a la casa de un payo y, en la sala de negociaciones, empezaron a cruzarse acusaciones e insultos otra vez. Tuve que salir para atender el siniestro y dejé tras de mí una pelotera de no te menees. Esta mañana, las cosas volvían a estar fatal y... —se interrumpió, dando a entender que se guardaba información para más adelante—: El caso es que he podido decir que Reyes Heredia es inocente y, de pronto, las cosas han cambiado radicalmente. Se acabaron los problemas raciales. De momento. Cometí un error al detener a aquel chico, lo sé. Me precipité, lo confieso. Pero, por fortuna, la verdad siempre acaba saliendo a flote.

—¿Sí? —dije, sin disimular mi escepticismo.

—Sí. Pero seamos justos: tú ibas bien encaminado. —Sonreía. Se estaba divirtiendo con mi desconcierto—. Estabas sobre la buena pista.

—¿Yo?

Mi padre nos miraba, al uno y al otro, como el que asiste a un partido de tenis, profundamente impresionado.

—Sí, muchacho. A mí no se me escapa una. Ese grupo de cabezas rapadas asaltó ayer vuestro bar. Me pregunté por qué lo harían. Y por qué no pusisteis una denuncia. Por la noche, se incendia el piso de Miguel Sirvent y algunos testigos aseguran que un muchacho como de tu edad, como de tu altura, salió corriendo del edificio, como alma que lleva el diablo. Con las ropas y los pelos chamuscados. —Me toqué el pelo, como si temiera que todavía saliera humo de él—. Me pregunté: «¿Qué relación tendrá nuestro joven detective del barrio con estos tipos? ¿Por qué lo atacan? ¿Por qué los ataca? ¿Que se traen entre manos?». Y ahora, hace apenas una hora, lo he comprendido todo. Estabas sobre la pista.

—Fue Miguel Sirvent quien mató a Sebastián Herrera —dije.

—Efectivamente —dijo el comisario. Y, después de una pausa y de un bufido de fatiga, añadió—: Y esta mañana han matado a Miguel Sirvent.

Me pareció que alguien me echaba un helado de vainilla por la espalda. Recordé las palabras del mandamás: «Las cadenas siempre se rompen por su eslabón más débil».

—¿Qué? —solté.

—Hemos levantado el cadáver, cerca de la Textil, hace un par de horas.

—¿Pero quién...?

—Sus amigos *skinheads,* claro está. Uno al que llaman el Führer, otro al que llaman el Puti, y otro al que llaman el Drácula. Varias personas los vieron marchar juntos a eso de las once y media, camino de los Jardines. Le han matado de una paliza, con bates de béisbol y cadenas. Anoche, después del incendio, Sirvent los abroncó delante de todos los vecinos, los insultó, dijo que ellos habían tenido la culpa del desastre y casi llegan a las manos, allí, delante de todo el vecindario. Tengo cientos de testigos. Y, además, esos tres pelones han desaparecido de su domicilio.

—Pero... —murmuré yo.

Quería decir que no, que no habían sido ellos, pero me callé a tiempo. Ahora comprendía por qué me había retenido el mandamás de COYDESA en el piso de doña Montserrat contándome nonadas: para que no pudiera hacer nada hasta que hubieran matado a Sirvent. Lo habían matado porque se estaba convirtiendo en un personaje tan peligroso para ellos como Herrera. Estévez debió de concertar una cita con él, y Sirvent se llevó a sus *skins* como guardaespaldas. Una vez en la Textil, Estévez había comprado al Führer y a los suyos. Podía imaginar perfectamente al gigante negociando con ellos, como el mandamás había hecho conmigo. «¿Veinte? ¿Treinta mil? Después desaparecéis una larga temporada y asunto concluido». Aunque detuvieran algún día a los *skins,* su palabra no valdría nada contra la de Estévez, respaldado por la floreciente y benéfica COYDESA.

El comisario Santos me miraba, atento, y yo le devolvía la mirada sin conseguir arrancar una sola palabra a mi garganta.

—Así son las cosas —dijo él, al fin—. Ha sido este asesinato el que nos ha permitido resolver el otro. Porque Sirvent llevaba encima, en el bolsillo del pantalón, una pistola —«¡La pistola!». La pistola que había pernoctado en mi casa, la que Estévez me había arrebatado, la que se había llevado en el bolsillo de su estrecha americana—. Una automática del veintidós, como la que emplearon para matar a Herrera. Ahora la tienen los del Gabinete, haciendo pruebas de balística con ella, pero puedes apostar a que esa fue el arma del crimen. —Hizo una pausa—: Eso confirma tus sospechas. ¿No es así?

Procuré poner la cara más inexpresiva de mi repertorio. Miré a mi padre, que observaba al comisario como preguntándose si no estaría conchabado conmigo para tomarle el pelo.

—Sí —dije, neutro y sin compromiso—. ¿Pero por qué mataría Sirvent a Sebastián Herrera?

—¡Quién sabe! —suspiró el comisario—. ¿Tú tienes alguna idea?

—Alguna —concedí—. Pero no tengo pruebas.

Me dio a entender que, si no tenía pruebas, no le interesaba escucharme. También me dio a entender que no creía que yo pudiera tener más datos que él.

—Eso mismo me sucede a mí —dijo—. Drogas, ¿verdad? Piensas que Sirvent era uno de los camellos del barrio. Y supongo que anoche te metiste en su piso buscando droga. Y no la encontraste. Como nosotros tampoco la hemos encontrado, ni en su piso, ni en el bar. Nunca la encontramos, nunca pescamos a esos tipos. Sabemos quiénes son, pero no hay forma de echarles el guante, ni con operaciones Perdigón, ni con nada. Siempre faltan pruebas —se animó de pronto, sacudiéndose dudas y melancolías—. Faltan pruebas, pero eso no importa. El caso es que Sirvent fue el asesino de Herrera y que, en pocas horas, soltaremos a ese muchacho gitano, Reyes Heredia. Y, por el momento, se acabarán los problemas en el barrio. Y, además, algo me dice que esos tres cabezas rapadas tampoco causarán más problemas por estos alrededores.

Por lo menos, había logrado que soltaran a Heredia y que se pacificara el barrio. Era mucho, pero la verdad es que a mí me parecía muy poco. Me sublevaba la perspectiva de que nadie pudiera dar un susto, aunque solo fuera un susto a los mandamases de COYDESA. Me desesperaba tener que contemplar cada día de mi vida aquel cartel, aquellas máquinas, aquella construcción triunfal de un hipermercado en el que se invertirían cientos de millones y que proporcionaría miles de millones. Cifras astronómicas que ponían a quienes negociaban con ellas muy por encima del resto de los mortales, fuera del alcance del tímido zarpazo de la ley. No había pruebas contra ellos de su implicación en aquellos asesinatos y ya podía estar seguro de que no las habría nunca.

Cuando salimos de la comisaría, me di cuenta de que mi padre me miraba con una especie de respeto, no exento de temor. Pero no me dijo nada, y yo tampoco le dije nada. Porque para qué.

Después de aquello, mi padre me llevó al psicólogo, como estaba previsto.

Y Reyes Heredia fue liberado. No sé si le pidieron excusas al soltarle. Solo sé que nadie en el barrio se molestó en pedírselas a los gitanos que habían sido insultados, difamados y agredidos. Eso sí, el motín popular cesó y los de las patrullas regresaron a sus casas. Seguramente pensaban que ya se habían divertido bastante y se les hacía atractiva la idea de reposar un poco.

Luego, los periódicos anunciaron que El Torrent había sido vendido a una importante cadena de hipermercados, en un negocio fabuloso de la empresa COYDESA. El artículo citaba elogiosamente y ponía como ejemplo a seguir a jóvenes ejecutivos como Daniel Forcades, que había sabido dar un eficaz golpe de timón, enderezando una empresa que hacía aguas.

Y la vida prosiguió sin sorpresas.

Bueno, si exceptuamos la llamada telefónica que recibí aquella misma noche.

—*I want to talk with the hard and sagacious private eye Johnny Flanagan* —dijo una voz de mujer fatal.

—María Gual —la reconocí.

—¿Sabes lo que pasó anoche? —me preguntó, cargada de intenciones.

¿Que si sabía lo que había pasado la noche anterior? Casi me echo a reír.

—¿Qué pasó?

—Que tu padre llamó a casa y le notificó *a mi madre* que tú y yo estábamos pernoctando en Viladrau, con su total bendición. Y yo, o sea, mi madre, le dijo que bien, que ya era inevitable, pero que si hacíamos cualquier tontería, esperaba que Juan, o sea, tú, fuera lo bastante hombre como para casarse con María, o sea, yo. Me parece que tu padre se asustó un poco. Pero no te preocupes: yo sabré hacerme querer.

—Fantástico.

—Me debes una cena a la luz de las velas.

—Es verdad.

—¿Cuándo?

Si en el barrio se publicara una revista del corazón, uno de los titulares del último número diría: «El ex de Carmen Ruano declara: María Gual y yo solo somos buenos amigos».

También resultó muy sorprendente el golpe de efecto que dio Elisa, la morena del guardarropía, la novia de Sirvent, cuando declaró a la prensa y a la policía que había sido la amante de Sebastián Herrera, lo que proporcionaba un excelente motivo para que Sirvent disparase contra el cincuentón gris y desencantado. Los celos. A aquellas alturas, no obstante, a mí ya no me sorprendía nada. La única duda que podía tener era acerca de la cantidad de dinero que la chica habría percibido de COYDESA por inventarse aquel móvil pasional para el crimen y cerrar por completo el circulo repleto de mentiras.

Ah, y hablando de sorpresas no puedo olvidar la trayectoria profesional de Adrián Cano a partir de aquel día. Me contó por teléfono que sus jefes se negaban a publicar un reportaje sin pruebas, una información que podía llevarlos a los Tribunales por difamación y que, además (y dicho sea de paso), vertía acusaciones gravísimas contra COYDESA, una empresa que llevaba mucho tiempo anunciándose en su periódico. Pero sus escritos habían conseguido impresionar a sus superiores, que decidieron darle una oportunidad. Gracias a Sibila, consiguió entrevistas exclusivas con los gitanos de las Casas Buenas y, por lo que sé, le han ascendido a reportero. Con un poco de suerte (y un milagro) tal vez algún día acabe poniéndose a la altura del personaje que yo inventé.

Y, bueno, para terminar la lista de sorpresas, también hubo una llamada telefónica de Carmen Ruano.

—Carmen Ruano al teléfono —dijo Pili.

—¿Quién?

—Carmen Ruano.

—¿Carmen?

En ese momento, me di cuenta de que hacía mucho que no escuchaba la cinta de *Música para Masocas*.

—Quería darte las gracias, Juan —me dijo, seria y un poco cortada.

—¿Por qué?

—Porque sé lo que hiciste por Reyes.

—¿Qué hice? —me resistí.

—Todo se sabe, Juan.

—Bah —hice yo, incapaz de razonamientos más elaborados—. Leyendas. Pura mitología.

—Juan... —dijo ella, en ese tono grave y especial que precede a las revelaciones importantes—: Juan...

Hizo una pausa larguísima. Y yo, no sé por qué, me sentí muy lejos de allí, la imaginé muy pequeña en la distancia, casi invisible. Temí que, de tan lejos, se me borrasen de la memoria los momentos preciosos que había pasado con ella. ¿Qué esperaba que me dijera? ¿Algo así como: «He comprendido que nunca podré encontrar a alguien tan leal y generoso como tú, Juan»? O bien: «¿Sabes? Reyes está muy afectado por lo ocurrido y ha decidido ingresar en un monasterio de clausura. Además, tú me viste primero. Si fueras tan amable de permitirme que volviéramos a salir...».

¿Era eso lo que esperaba? En todo caso no fue lo que oí.

—Juan: querría invitarte a mi boda.

Yo pensé «*¡¡¿¿??!!*» (si es que algo así se puede pensar), hice «glup», me llené los pulmones de aire y dije:

—¿Ah?

—Reyes y yo nos casaremos dentro de dos semanas.

«¡¡¡Pero si tienes quince años!!!», pensé con tanta intensidad que mi madre preguntó desde el comedor: «¿Se te ha roto algo, Juanito?».

Dije:

—Oh.

Dijo Carmen:

—Será una boda gitana. Una fiesta muy bonita, Juan. A Reyes y a mí nos gustaría mucho que vinieras.

No fui a la boda, claro está.

Si en el barrio se publicara una revista del corazón, iría llena de novedades calentitas: «Boda gitana de Carmen Ruano y Reyes Heredia». («El ex de Carmen Ruano los desaira y no acude a la ceremonia»). «Días felices para Adrián Cano y Sibila». Fotos de las dos parejitas paseando cogiditas de la mano, hablando de vete a saber qué, contándose o confesándose enternecidos muchos secretos que tenían por confesarse (que, dicho sea de paso, eran muchos secretos y, entre ellos, algunos que no me favorecerían en absoluto delante de Sibila). Y, por cierto, si lo que se publicara en el barrio fuese un diario de tema económico, el titular diría: «La agencia Flanagan pierde su fabuloso contrato con Sibila». Ni ella me llamó, ni yo me atreví a llamarla.

Otra cosa que quiero añadir:

Cuando le pagué a María Gual la cena prometida, a la luz de las velas de una pizzería simpática del centro del barrio, no pude resistirme a confiarle toda la aventura. Supongo que necesitaba contársela a alguien y que tenía ganas de impresionarla. Y creo que la impresioné.

Más tarde, en la puerta de su casa, después del beso de despedida, me llamó para preguntarme:

—Johnny... —Me volví hacia ella—. Cuando te ofrecieron todo ese dinero... ¿Por qué no lo aceptaste?

—No lo sé —dije.

Y, mientras caminaba en dirección a mi casa por el barrio ya limpio de basura y de patrullas urbanas, y de odio y de violencia, recordé la letra de una de las canciones de mi *Música para Masocas,* el tema de Springsteen *The River,* que tantas veces había bailado con Carmen: «*We go down to the river, and into the river we dive...*». El río nos lleva, nos sumergimos en el río que arrastra nuestras vidas, nos hacemos ilusiones, no sé de qué, ni para qué, y luego, tarde o temprano, llega un día en el que la experiencia nos hace admitir lo que siempre hemos sabido:

Que el río está completamente seco, que siempre lo ha estado.

«¿Por qué no cogiste el dinero?», me había preguntado María Gual. Yo le había contestado que no lo sabía. Pero claro que lo sabía. De algún modo, el propio mandamás había contestado a la pregunta al decirme que yo no tenía nada, ni nunca lo tendría. Estaba muy equivocado. Tenía algo, una sola cosa... y era precisamente la que él había intentado comprarme.

Mientras la conservara, pensé, nadie podría decir que el río de mi vida estaba completamente seco.

Índice

Flanagan, qué te vamos a contar, es un personaje con una vida muy azarosa; tanto, que ya es un reconocido detective privado. Es más, algunos de sus coleguitas dicen de él que es un PI (un *private investigator,* o lo que es lo mismo, un detective de los buenos). Los casos que puedes leer por ahora en esta colección los ha ido resolviendo en este orden:

— *Todos los detectives se llaman Flanagan*
— *No te laves las manos, Flanagan*
— *Flanagan de luxe*
— *Yo tampoco me llamo Flanagan*

Y recuerda, no salgas nunca de casa
sin llevar su tarjeta:

FLANAGAN
detective privado

Si te hago falta:
www.espacioflanagan.com